두 번째 붉은 태양

Gisoku Rikujobu
©Izumi Funasaki, Gakken 2022
First published in Japan 2022 by Gakken Plus Co., Ltd., Tokyo.
Korean translation rights arranged with Gakken Plus Co., Ltd.
through Shinwon Agency Co.

이 책의 한국어판 저작권은 신원 에이전시를 통한 저작권사와의 독점 계약으로
ICBOOKS에 있습니다. 저작권법에 의해 한국 내에서 보호를 받는 저작물이므로
무단전재 및 복제를 금합니다.

두 번째 붉은 태양

후나사키 이즈미 글
야마시타 하쿠 원안
윤은혜 옮김

IC Books

여러 가지 의족

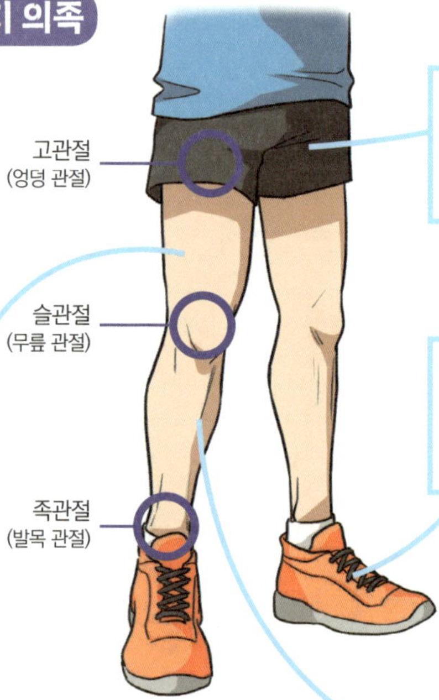

고관절 (엉덩 관절)

슬관절 (무릎 관절)

족관절 (발목 관절)

고관절의족
고관절 주위에서 다리를 절단한 경우에 사용합니다.

족부의족
발목보다 아래쪽 부위를 절단한 경우에 사용합니다.

대퇴의족
무릎보다 위쪽에서 다리를 절단한 경우에 사용합니다.

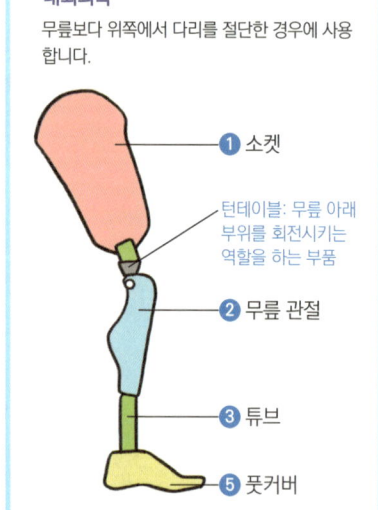

① 소켓
턴테이블: 무릎 아래 부위를 회전시키는 역할을 하는 부품
② 무릎 관절
③ 튜브
⑤ 풋커버

하퇴의족
무릎 아래쪽 부위를 절단한 경우에 사용합니다.

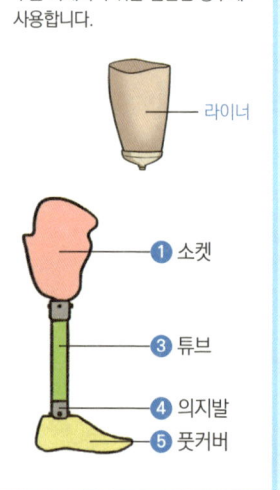

라이너
① 소켓
③ 튜브
④ 의지발
⑤ 풋커버

육상 경기용 의족

육상 경기를 할 때는 경기용으로 개량된 의족을 사용합니다. 구부러진 낫 모양으로 생긴 스포츠용 의지발을 소켓에 부착하여 착용합니다. 튼튼하고 가벼우며 탄성이 강한 카본 소재가 주로 사용됩니다.

스파이크
지면에 닿는 부분에는 트랙용 스파이크를 박기도 합니다.

① 소켓에 다리를 끼워 넣어 의족을 착용합니다. 다리의 단면부에는 '라이너'라는 실리콘 재질의 커버를 씌우기도 합니다.

② 무릎 관절은 실제의 무릎을 대신해 다리를 굽혔다 폈다 할 수 있게 합니다.

③ 튜브는 소켓과 의지발을 연결하는 파이프로, 금속이나 카본 소재를 사용합니다. 여기에서 의족의 높이를 조절합니다.

④ 의지발은 발목 관절을 대신하는 역할을 합니다.

⑤ 풋커버는 의지발 위에 씌우는 발 모양의 커버입니다. 지면에 닿는 부분으로, 편하게 체중을 이동할 수 있게 돕습니다.

주요 등장인물

나루세 하야토(成瀬颯斗)
아즈미노 중학교 2학년으로 육상부에 소속되어 있다. 달리기를 무척 좋아하며, 초등학교 때는 시 대회에서 5위에 오르기도 했다.

기류 유키(桐生優樹)
아즈미노 중학교 2학년으로 육상부에 소속되어 있다. 하야토와는 어려서부터 친하게 지내온 사이다. 배려심이 깊고 의지가 되는 존재로 반 친구들 사이에서도 인기가 많다.

가와무라 사키(川村 咲)
아즈미노 중학교 2학년으로 하야토와 유키의 같은 반 친구다. 하야토, 유키와 같은 초등학교를 나왔으며, 그때보다 어른스러워졌다.

사노 쇼타(佐野翔太)
아즈미노 중학교 2학년으로 육상부원. 전문 종목은 장거리.

모리노 다케시(森野 猛)
아즈미노 중학교 2학년으로 육상부원. 전문 종목은 투포환.

곤도 미노루(近藤 実)
하야토의 의족을 만드는 의족 제작자.

도쿠다 료타(徳田亮太)
하야토의 재활 훈련을 담당하는 물리 치료사.

시라이시 레이카(白石玲香)
'스타트 대시 도쿄'라는 육상 동호회를 운영하는 장애인 육상 선수. 하야토의 코치를 맡게 된다. 대퇴의족을 착용하고 있다.

야마나카 도루(山中 徹)
하퇴의족을 착용하는 남자 100미터 패럴림픽 선수.

고바야카와 준(小早川潤)
아즈미노 중학교 육상부의 지도 교사.

* 이 이야기는 픽션입니다. 등장하는 인물 및 단체는 실제 상황과 아무런 관계가 없습니다.

차례

프롤로그	9
01 의족	14
02 육상부	33
03 환상통	42
04 절단	54
05 동경	84
06 설렘	102
07 전진	113
08 시동	144
09 친구	164
10 숙제	177
11 불안	195
12 결의	217
13 대회	232
에필로그	250

일러두기
* 본문의 각주는 모두 옮긴이가 독자들의 이해를 돕기 위해 붙인 것입니다.

프롤로그

곧게 뻗은 트랙 앞에 서자, 가슴이 뛰기 시작했다.

심장이 쿵쿵 카운트다운을 시작한다. 나는 천천히 크라우칭 스타트(crouching start)* 자세를 취했다. 삑! 공중에 울려 퍼지는 호루라기 소리와 함께 오른발로 힘껏 스타팅 블록을 박찼다.

흰 선이 양옆을 스쳐 지나간다. 바람이 뺨을 쓰다듬는다. 두 다리가 나의 몸을 앞으로, 더 앞으로 밀어낸다.

트랙 밖에 있던 육상부원들이 모두 시야에서 사라졌다. 모든 감각이 한곳에 집중되며 나 혼자만의 세계가 펼쳐진다.

오직 나 혼자만이 이 세계에 있다.

---

* 단거리 육상 경기에서 주로 사용하는 출발 방법으로, 허리를 들고 상체를 숙인 채 손으로 스타트 라인 바로 뒤쪽을 짚은 자세에서 출발한다.

평소에는 들리지 않던 새의 울음소리가 들리고, 햇빛이 유난히도 눈부시다.

달린다.

인생에서 가장 살아 있음을 느끼는 순간.

나는 지금, 살아 있다.

"12초 75!"

골라인을 통과하자 나는 다시 모두가 있는 현실로 돌아왔다.

"하야토! 12초대야!"

숨을 헐떡이는 내 귀로 유키의 목소리가 기분 좋게 날아들었다.

"이얍! 그런데 유키가 잰 시간을 과연 믿어도 될까."

"제대로 쟀다니까! 좋으면 그냥 좋다고 해!"

시립 경기장에는 때늦은 벚꽃이 한창이다. 이 경기장은 육상 경기 때도 사용되는 정식 스포츠 시설로, 행사가 없는 날은 일반인에게 개방되어 어린아이부터 어르신까지 많은 지역 주민이 찾아와 땀을 흘리는 곳이다. 내가 다니는 아즈미노 중학교의 육상부원들도 자주 여기를 이용한다.

나는 달리는 것이 세상에서 제일 좋다. 그래서 올봄 중학생이 되자마자 육상부에 들어갔다. 육상부에서 매일 달리면서도 그걸로 부족해서, 오늘도 어릴 때부터 친구이자 같은 육상부 소속이기도 한 유키와 함께 시립 경기장을 찾은 것이다.

"자, 마셔!"

유키가 자판기에서 뽑아 온 음료수를 던져 주었다.

"고마워!"

나는 한 손으로 받아 든 스포츠 음료를 마시면서 잔디 위에 털썩 주저앉았다.

"하야토, 너 요새 컨디션이 좋은데?"

"아직 멀었어. 11초대를 목표로 해야지. 전국 대회에 나가고 싶거든."

"너무 무리하지 마."

"야, 지금 무리해야지, 언제 하겠냐?"

"하하하, 그렇게 달려드는 거 하야토답다."

나는 어릴 때부터 달리는 것만은 누구에게도 지지 않았다. 중학생이 되면 꼭 육상부에 들어가서 도쿄에서 제일가는, 아니 일본에서 제일가는 선수가 되겠다고 다짐했다. 그리고 장래에는 세계 무대에 진출해서 우리나라에 올림픽 메달을 안겨 주는 선수가 되겠다는 꿈을 품었다. 이때의 나는 아직 나의 미래를 굳게 믿고 있었다.

"이제 슬슬 갈까? 해가 지겠어."

막 벤치에서 일어서려던 순간이었다.

나는 오른쪽 발목 저 안쪽에서 욱신거리는 통증을 느꼈다. 그렇게 난리를 칠 정도의 아픔은 아니었지만, 한 번도 겪어 본 적 없는 느낌에 문득 불길한 예감이 들었다.

"어?"

기분 탓인가 싶었지만, 한 걸음, 두 걸음 발을 앞으로 내딛을 때마다 역시 발목이 아팠다. 스파이크를 벗고 발목을 살펴봤더니 불그스름하게 부어올라 있었다. 손으로 만져 보자 살짝 따끈한 느낌이 들었다.

"유키, 파스 있어?"

아직 앉아 있는 유키 쪽을 돌아보며 물었다.

"응, 있어. 구급상자 가져왔으니까. 왜? 어디 아파?"

"발목이 조금 부은 것 같아."

"괜찮아?"

"뭐, 별거 아니야. 파스 붙여 두면 낫겠지."

나는 유키가 가져온 구급상자에서 파스를 꺼내서 발목에 붙였다.

'컨디션이 좋다고 생각하자마자 이러네. 운도 없게.'

조금 불안하기는 했지만, 곧 나을 거라고 안이하게 생각했다.
그러나 이 별거 아닌 통증이, 내 인생을 완전히 뒤바꿔 버렸다.

01
의족

그날의 통증으로부터 1년이 지났다.

이 1년 동안 나는 거의 학교에 가지 못했다.

다음 날까지도 계속되는 통증이 마음에 걸려 바로 병원을 찾았다. 하지만 통증의 원인은 좀처럼 밝혀지지 않았다. 처음에는 별일 아닐 거라고 가볍게 생각했지만, 시간이 지나도 도무지 나아지는 기미가 보이지 않아서 다른 의견도 들어보자며 어머니와 함께 동네 병원 몇 군데를 돌았다.

"별문제 없어 보이는데요. 당분간 상태를 지켜봅시다."

"성장통이지 싶은데, 좀 있으면 나을 거예요."

의사마다 의견은 제각각이었다. 심각한 병일 거라고는 아무도 말하지 않았다. 그럼에도 집요하게 사라질 줄 모르는 아픔에 날이 갈수록 불안은 커져만 갔다.

통증을 느끼기 시작한 지 두 달이 지났을 때, 한 의사 선생님이 내 다리를 진찰하고는 이렇게 말했다.

"종아리뼈*에 그림자가 보이네요. 큰 병원에 가 보는 편이 좋겠습니다."

그 선생님은 엑스레이 사진에서 내 오른쪽 다리에 있는 검은 그림자를 발견하고는 큰 병원에서 검사를 받아 보라고 권했다.

진료의뢰서를 들고 시민병원으로 향했다. MRI 검사와 조직 검사를 받았다.

진단받은 병명은 유잉육종(Ewing sarcoma). 암의 일종이라고 한다.

이 병은 내 인생을 산산조각 내 버렸다. 나는 다시는 두 다리로 달릴 수 없게 되었다.

긴 항암 치료를 받은 끝에 오른쪽 다리를 절단했다.

지금 내 오른쪽 다리는 무릎 아래로 15센티 정도밖에 남아 있지 않다.

---

* 종아리 쪽에 위치한 두 개의 뼈 중에서 바깥쪽에 위치한 가느다란 뼈로, '비골'이라고도 한다.

내 오른 다리는 의족이다.

달리기를 그리도 좋아했던 내 오른 다리는 죽어 버렸다.

잘라 낸 다리는 화장장에서 불태웠다. 뼛가루가 되어 돌아온 오른 다리는 내가 죽으면 함께 관에 넣을 거라고 했다.

나는 울었다.

눈물이 말라 버릴 때까지, 울고 또 울었다.

하지만 질리도록 울고 나서는 다시 앞을 보기로 했다.

이대로 평생 울면서 살기는 싫었으니까. 어차피 다시 돌아나지도 않을 다리 때문에 죽을 때까지 계속 울고 싶지는 않았다.

나는 중학교 2학년이 되었다.

오늘은 새 학기 첫날이다. 잠시 퇴원했을 때 몇 번 학교에 가기는 했지만, 오늘부터는 본격적으로 다시 학교에 다니게 된다.

그동안의 재활 훈련 덕분에 이제 남들 못지않게 걸을 수 있고, 계단도 자연스럽게 오르내릴 수 있다. 일상생활에는 전혀 문제없을 정도로 회복되었다. 물론 불안한 마음이 전혀 없는 것은 아니다. 1년이나 학교에 다니지 않았는데 수업은 잘 따라갈 수 있을까? 의족으로도 달릴 수 있다고 듣기는 했지만, 육상부로 돌아갈 수 있을까?

하지만 긍정적인 생각을 앞세워 그런 불안을 날려 버리려 애썼다.

'괜찮아. 난 할 수 있어.'

그렇게 되뇌며 교문을 들어섰다.

'어, 2학년 교실이 이쪽 맞나?'

거의 중학교에 입학하자마자 병을 진단받았기 때문에, 나는 교실 배치를 채 기억하기도 전에 병원 생활을 시작해야 했다. 갑자기 자신이 없어졌다. 2학년씩이나 되어서 자기 학교에서 길을 잃다니, 이상한 기분이 들었다. 하지만 이런 경험을 하는 것도 다 학교에 돌아올 수 있었기 때문이라고 생각하면 다행스럽기만 하다.

'2학년 교실은 아마 1학년과는 반대쪽이었지? 그러니까 이쪽일 거야.'

기억을 더듬으며 걷다 보니 한쪽에 모여 있는 아이들이 보였다. 가까이 가 보자 2학년 반 배치표가 붙어 있었다.

'오, 역시 여기가 맞네. 어디 보자, 나는 몇 반이지? 나루세⋯⋯ 나루세⋯⋯.'

1반부터 차례대로 이름을 훑어보는데 2반에 나루세 하야토라는 이름이 보였다.

'2학년 2반이구나.'

내가 아는 이름이 있는지 찾아보았다. 아즈미노 중학교에는 세 개의 초등학교에서 학생들이 모인다. 그중에서도 나와 같은 초등학교를 졸업한 학생이 가장 많다. 그렇지만 대충 훑어보기에 같은 반에 특별히 낯익은 이름은 보이지 않았다.

'나랑 친한 애는 없나 보네······.'

조금 막막한 기분이 들려는 찰나, 낯익은 이름이 눈에 띄었다.

"유키."

작게 불러 보는데 등 뒤에서 목소리가 들려왔다.

"하야토, 또 같은 반이네."

뒤를 돌아보자 기류 유키가 서 있었다.

"유키!"

오랜 친구인 유키와 같은 반이라니, 정말 안심이 되었다. 유키와는 집이 가까워서 어려서부터 자주 함께 놀았다. 어린이집은 달랐지만, 초등학교 1학년 때 같은 학교 같은 반이 된 뒤로 내가 입원하기 전까지 매일같이 함께 시간을 보냈다.

"오늘부터는 매일 학교에 온다며?"

"응, 드디어."

절단 수술 후 반년이 넘게 이어지던 항암 치료도 간신히 끝난 참이다. 앞으로는 정기 검진에서 이상이 발견되지 않는다면 더 이상 치료를 받을 필요가 없다. 학교에도 매일 다닐 수 있다.

"고생 많았어."

유키의 말에 바짝 긴장되어 있던 마음이 스르륵 풀리는 기분이 들었다. 길었던 지난 1년을 돌이켜 보면, 지금 학교에 와 있는 것이 얼마나 다행인지 모른다. 그래, 나 참 고생 많았다. 죽을지도 모르는 병을 이겨 내고 여기로 돌아왔다. 괴로웠던 지난 1년이 간신히 보상을 받은 기분이 들었다.

"응, 고마워. 유키가 병문안 와 줬던 것도 힘이 됐어."

진심을 담은 나의 말에 유키는 다 이해한다는 듯이 따뜻하게 웃어 주었다.

"자, 교실로 가자."

"그래."

나는 유키와 함께 가슴을 펴고 2학년 교실로 향했다.

현관에 들어서자 신발장이 보였다.

의족에는 제법 익숙해졌지만, 신발을 신는 건 여전히 쉽지 않다. 신발을 신을 때 인간은 발목을 좌우로 미세하게 움직인다. 보통은 거의 의식하지 않는 동작이지만, 의족은 이 미세한 움직임이 불가능하다. 진짜 발목처럼 좌우로 섬세하게 움직이지 못하고 그저 일직선으로 뻗어 있을 뿐이라서, 신발 안쪽까지 발을 집어넣기가 어렵다. 그래서 실내화로 갈아 신는 데도 아무래도 시간이 걸릴 수밖에 없다.

"괜찮아? 도와줄까?"

"아니야, 이 정도 가지고 뭘."

앞으로 친구들과 다를 바 없이 생활해야 하는데, 겨우 신발 갈아 신는 걸로 도움을 받을 수는 없는 일이다. 간신히 실내화에 발을 집어넣었다.

"학교까지 걸어왔어?"

"응, 이제 일상생활은 문제없어."

"잘 걸어 다녀서 안심이다. 계단도 괜찮아?"

"응, 괜찮아."

유키와 함께 교실로 향했다. 2학년 교실은 2층에 있기 때문에 계단을 올라가야 한다. 계단을 올라가는 것은 별문제 없지만, 사실 내려가는 것은 아직 썩 편하지 않다. 하지만 유키에게 그걸 말하고 싶지는 않았다.

"그렇구나. 정말 대단하다."

"뭘, 정말 열심히 연습했거든. 처음에는 휠체어 신세였지만 말이야. 의족을 하고서도 한참은 목발이 필요했어. 하지만 지금은 목발 없이도 잘 걸어."

"진짜 고생했겠다. 나도 본받아야겠어."

계단을 올라가자 교실에서 떠들썩한 소리가 들려왔다.

오랜만에 오는 교실. 반갑지만 조금 긴장이 되었다. 문 앞에서 발을 멈추자, 옆에 있던 유키가 나보다 한 걸음 앞으로 나와 문을 열어 주었다. 유키는 눈치가 빨라서, 내가 불안해하는 것이 느껴진 모양이다.

유키가 먼저 교실로 들어섰다. 유키는 초등학교 때도 인기가 많았는데, 중학교에 올라와서도 여전한 것 같았다. 교실에 들어선 유키를 보고 몇 명의 친구들이 바로 말을 걸어왔다. 하지만 유키의 뒤에 있는 나를 발견하고는 표정이 조금 어두워진 것 같은 기분이 들었다. 불쾌한 표정을 지은 것은 아니지만, 당황해하는 느낌이었다. 교실 안쪽에 있던 여자아이들도 나를 보고 소근거리기 시작했다. 불쌍한 사람이라도 보듯이 심각한 표정으로 이쪽을 바라보는 친구도 있었다.

내가 의족을 하고 있다는 것은 반에 있는 모두가 알고 있을 것이다.

반 친구들 사이에서 나는 다리를 잃은 불쌍한 아이로 소문나 있겠지.

이 정도는 이미 각오한 바다. 그러니까 괜찮다. 나 역시 1년 전까지는 그들과 마찬가지였다. 나였다 해도 반 친구가 다리를 절단하고 왔다면 저렇게 동정의 눈길을 보냈을 것이 틀림없다.

나는 평정심을 유지하며 출석 번호순으로 정해진 자리에 앉았다.

저런 눈길에 개의치 않게 되려면 얼마나 시간이 걸릴까? 중학교에서 보내야 하는 시간은 앞으로 2년. 그 안에 담담해질 수 있을까? 나는 답답한 마음을 필사적으로 떨쳐 내려 애썼다.

"오랜만이야."

옆자리에서 여자 목소리가 들려왔다. 얼굴을 봐도 누구인지 생각이 나지 않았다.

"어, 그러니까……."

뭐라고 대답해야 할지 몰라 당황하고 있자, 그 애는 말을 이었다.

"뭐야? 나 생각 안 나?"

웃음 띤 얼굴을 보자 단숨에 기억이 되살아났다.

"아, 아아, 가와무라구나? 당연히 기억하지."

어물쩍 넘어가려 했지만 가와무라에게는 내 거짓말이 빤히 보였던 모양이다.

"거짓말! 아까는 기억 못 했으면서."

"아니라니까."

얼버무리려 했지만 이미 늦었다. 하지만 가와무라도 나에게 진심으로 화낼 생각은 아니었던 모양이다.

"이제 같은 반이니까 제대로 기억해!"

"다, 당연하지! 잊어버릴 리가 있겠냐."

가와무라를 기억하지 못한 것은 인상이 희미했거나 관심이 없었기 때문이 아니다. 가와무라는 같은 초등학교 출신이기는 하지만 그렇게 가까운 사이는 아니었던 데다, 한참 보지 못한 사이에 많이 달라진 것처럼 보였다. 뭐라고 할까, 굉장히 어른스러워졌다. 하지만 웃을 때의 인상은 예전과 똑같았다. 밝고 애교스러운 웃는 얼굴은 내가 아는 가와무라 그대로였다.

"저기, 다리는 이제 괜찮아?"

"어, 응. 일상생활은 별문제 없어."

"그렇구나. 다행이다."

"응."

"걱정했어. 갑자기 입원했다고 하더니 학교에 나오지 않아서."

"아, 그랬지. 걱정시켜서 미안."

"왜 네가 사과를 하니."

"그런가?"

거기까지 이야기를 나눴을 때, 마침 담임 선생님이 들어와서 대화가 끊겼다.

오랜만에 이런 대화를 나눠서 조금 긴장했지만, 유키 말고도 같은 반에 이야기를 주고받을 친구가 있다고 생각하니 조금 안심이 되었다.

앞으로 의족과 함께할 학교생활이 어떨지는 아직 알 수 없다.

하지만 같은 반에 유키나 가와무라 같이 낯익은 얼굴도 있으니, 너무 걱정할 필요는 없을 것 같다.

***

수업이 끝나고 돌아갈 준비를 마친 나는 실내화를 다시 신발로 갈아 신고 있었다.

'아아, 진짜! 짜증나네.'

자연스럽게 신으려고 하면 할수록, 마음이 조급해서 잘 되지 않았다. 나보다 늦게 온 친구가 내 옆에서 순식간에 신발을 갈아 신고 현관을 빠져나갔다. 한숨을 푹 쉬는 순간, 유키의 목소리가 들려왔다.

"하야토! 이제 뭐 해? 시간 좀 있어?"

뒤를 돌아보자 유키가 있었다.

"응, 오늘은 별일 없는데."

"다행이다. 그럼 쇼타랑 다케시하고 같이 노래방 가지 않을래? 오늘은 동아리 활동도 아직 없잖아. 다 같이 하야토 복귀를 축하하고 싶대서."

사노 쇼타와 모리노 다케시는 우리와 같은 초등학교를 나왔다. 초등학교 때는 유키를 포함해 넷이서 자주 놀았다. 학교가 끝나고 집에 가는 길이면 오락실에 들러 시간 가는 줄 모르고 게임을 하고, 쉬는 날에는 자전거를 타고 바다로 산으로 놀러 다녔다. 중학생이 되고부터는 번화가까지 진출해서 같이 노래방이나 볼링장에 가기도 했다. 함께 있으면 아무 생각 없이 신나는 마음 편한 친구들이다.

쇼타와 다케시도 마찬가지로 육상부에 소속되어 있다.

나와 유키는 어릴 때부터 달리기를 좋아해서, 초등학교 때부터 중학교에 들어가면 꼭 육상부에 들어가자고 약속했었다. 우리에 뒤이어 쇼타와 다케시도 육상부에 들어왔다. 육상부에서의 전문 종목은 나와 유키는 단거리, 쇼타는 장거리, 다케시는 투포환이다. 내가 입원하기까지 짧은 기간이었지만, 넷이서 함께 웃고 격려하면서 즐겁게 동아리 활동을 했었다. 이 친구들이라면 내가 의족을 착용하게 되었더라도 이전과 다르지 않게 대해 줄 것이다.

나는 아직 끝까지 다 신지 못한 신발 뒤축을 그대로 밟은 채 유키를 향해 돌아섰다.

"좋아! 같이 가자."

들뜨려는 기분을 진정시키며 유키에게 대답했다.

신발 뒤축을 꺾어 신은 불안정한 발에서 정체 모를 불안감이 전해져 왔다. 하지만 나는 짐짓 모른 체하며 유키를 향해 웃어 보였다.

***

우리는 일단 집에 들렀다가 노래방 앞에서 다시 만났다.

"와, 의족인지 전혀 모르겠는데."

"걷는 모양도 보통 사람이랑 다르지 않네."

쇼타와 다케시가 놀란 얼굴을 했다.

입원 중 병문안을 왔을 때는 내가 침대 위에만 있었고, 쇼타와 다케시는 다른 반이라 오늘 학교에서는 만나지 못했다. 그러니 의족으로 걷는 내 모습을 그들은 지금 처음 보는 것이었다.

보통은 의족을 착용한 사람을 볼 기회가 없으니까, 그런 나를 보고 놀라는 것도 당연하다. 솔직히 말해 그렇게 언급하는 것이 달갑지는 않았지만, 의족이 화제에 오르는 것은 어쩔 수 없다고 생각했다. 나는 '또 시작이구나' 하는 반 포기 상태로 두 사람에게 대답했다.

"이제 꽤 익숙해졌어. 일상생활에는 지장 없는 정도야."

"달릴 수 있어?"

"아니, 아직 달린 적은 없어. 하지만 달리고 싶기는 하다."

"분명 달릴 수 있게 될 거야. 하야토라면 패럴림픽에도 나갈 수 있을 걸?"

아무 생각 없어 보이는 다케시의 말에 조금 짜증이 났다. 패럴림픽이라니, 상상도 되지 않는다. 난 이제 겨우 걸을 수 있게 된 수준인데. 지금의 나는 정말 육상부로 돌아갈 수 있을지부터 걱정해야 할 상황이다. 다케시에게 악의가 없는 것은 알고 있지만, 패럴림픽이라니 너무 현실성이 없어서 내 입장에서 생각해 준다는 기분이 들지 않았다. 이러면 안 되는데, 오늘은 아침부터 작은 바늘이 마음에 콕콕 와서 꽂히는 기분이다.

…… 그리고 그 바늘은 그 후로도 빠지지 않았다.

노래방에서 2층에 있는 방으로 안내를 받자 곧바로 다케시가 엘리베이터를 타자고 말했다. 평소 같으면 고작 2층에 올라가면서 엘리베이터를 타지는 않는다. 다케시는 명백하게 나를 배려하고 있었다. 나는 계단이라도 상관없었지만, 그 작은 배려를 받아 줘야 할 것 같은 기분이 들어서 엘리베이터를 탔다.

드링크 바에 음료수를 가지러 가려 했더니, 이번에는 쇼타가 자기가 가져다주겠다고 나섰다. 친절을 베풀고 싶어서 어쩔 줄 모르는 웃는 얼굴을 보고 나는 "그럼 콜라로 부탁할게"라고 말하며 잔을 건넸다.

친구들과 함께 노래방에 갈 수 있는 일상이 돌아왔다. 그런데도 나는 진심으로 즐길 수가 없었다. 분명 가장 편한 친구들이었는데, 나만이 모두로부터 배려를 받고 있다. 그것이 서럽고 슬펐다.

하루 종일 기분이 개운치가 않았다.

학교에 돌아가기만 하면 이전과 같은 일상이 돌아올 거라고 생각했다. 다리를 절단했어도 의족만 있으면 예전처럼 지낼 수 있을 거라고 믿었다. 실제로 의사 선생님도, 의족 제작자님도, 물리 치료 선생님도 지금은 의족 기술이 발전해서 이전과 다르지 않은 생활을 할 수 있다고 말했다. 확실히 일상생활은 거의 불편 없이 해낼 수 있게 되었다.

하지만 지금의 나는 예전의 나와는 달라져 버렸다. 나 스스로는 다르지 않다고 생각해도, 남들이 보기에는 다르다. 지금의 나는 다리가 없으니까 돌봐 줘야만 하는 사람인 것이다.

"야, 배고픈데 밥 먹고 들어가지 않을래?"

집에 가는 길, 다케시의 말에 다른 친구들은 "그래, 그러자" 하고 동의했다. 나도 끄덕였다.

평소에 자주 가던 패밀리 레스토랑으로 향했다. 그곳은 아즈미노 중학교 학생들이 자주 이용하는 곳이다. 나도 입원하기 전까지 잠시나마 선배나 친구들과 어울려 몇 번 가 본 적이 있다.

식당으로 향하는 동안 나는 계속 어떻게 하면 좋을지 고민하고 있었다.

유키와 쇼타, 다케시가 좀 더 평범하게, 이제까지와 다르지 않은 태도로 대해 줬으면 했다. 그렇게 신경 써 줄 필요 없다고 말하고 싶었다.

그래, 식당에 들어가면 내가 직접 드링크 바에 음료수를 가지러 가야겠다. 친구들이 대신 가져다주겠다고 해도 "괜찮아"라고 거절하자. 이 상황을 바꾸려면 내가 먼저 나서는 수밖에 없다. 그런 생각이 계속 머릿속을 맴돌았다.

하지만 이런 생각은 결국 이루어지지 못했다.

"그러고 보니 그 식당 2층에 있잖아?"

문득 쇼타가 말했다. 무슨 의도로 하는 말인지를 바로 알아채지 못했다.

"하야토 말이야, 의족으로 계단 오르내리는 거 힘들지 않아? 다른 식당으로 갈까?"

쇼타의 제안에 힘이 센 것이 자랑인 다케시가 대답했다.

"그래, 그렇겠다. 뭐, 내가 업어 주면 되긴 하는데."

'또 시작이네…….'

노래방에서와 똑같다. 받아들여야 한다고 강요당하는 친절. 지긋지긋했다.

"괜찮아, 계단 정도는 올라갈 수 있으니까. 평소에 가던 데로 가자."

돌려서 거절했지만 쇼타는 아랑곳하지 않았다.

"무리하지 않아도 돼. 친구 좋다는 게 뭐냐."

다케시도 쇼타에 이어 말했다.

"아무래도 업어 주는 건 좀 부끄러운가? 그럼 다른 가게로 가는 건……."

"됐다고!"

나는 다케시의 말을 잘랐다.

갑자기 튀어나온 큰 소리에 모두의 눈이 휘둥그레졌다.

모두 당황한 얼굴로 나를 바라보았다. 하지만 나는 더 이상 친구들의 미적지근한 배려를 견딜 수가 없었다.

"미안하지만, 난 이만 돌아갈게. 내가 없어야 너희가 더 편할 것 같으니까."

나는 친구들의 얼굴을 외면한 채 등을 돌려 온 길로 되돌아갔다.

지금의 나는 뛸 수도 없고, 그리 빨리 걷지도 못한다. 친구들이 달려오면 분명 금방 따라잡을 수 있다. 하지만 아무도 따라오지 않았고, 아무도 집에 돌아가는 나를 붙잡으려고 하지 않았다. 나는 굉장히 비참한 기분이 들었다.

학교에는 돌아갈 수 있어도, 평소와 같은 일상으로는 돌아갈 수 없었다. 내가 아무리 평소처럼 대해 주기를 바라도, 모두가 나를 의족을 착용한 장애인으로 취급한다. 당장이라도 망가질 것처럼 조심스럽게 대하려 한다.

난 그냥 그대로인데. 나루세 하야토는 그냥 너희와 똑같은 사람인데.

그런데…….

나는 큰 상실감을 품은 채 집을 향해 터벅터벅 걸었다.

02
육상부

"하아, 어떡하지!"

집으로 돌아와 방에 들어서자마자 나는 침대 위에 몸을 던지고 머리를 쥐어뜯었다.

그런 말을 할 생각은 아니었는데. 모두에게 악의가 있었던 것은 아니다. 오히려 그들은 친절을 베풀 생각이었을 거다. 물론 알고 있다. 알면서도 도저히 참을 수가 없었다. 내가 돌아간 뒤의 분위기는 어땠을까. 하지만 장애인 취급 받는 것을 더 이상은 견딜 수가 없었다.

"젠장!"

몸을 벌떡 일으켰다.

달리고 싶었다. 전에는 우울하거나 힘든 일이 있을 때마다 달리곤 했다. 달리는 것으로 모든 것을 잊을 수 있었다. 하지만 지금은 그것도 불가능하다.

나는 크게 한숨을 쉬었다. 더 이상 다리에 대해 생각하고 싶지 않은데, 머리에서 떠나가질 않는다. 좋아하는 유튜버의 영상을 찾아 봤지만 여전히 아무것도 머릿속에 들어오지 않았다. 좋아하는 밴드의 노래를 들어 봐도 기분은 나아지지 않았다.

'이래 가지고 괜찮을까?'

그렇게 우울한 기분에 젖어 있을 때, 스마트폰에서 부르르 진동이 울렸다. 유키로부터 메시지가 와 있었다.

─내일부터 동아리 활동 시작하는데 올래?

마치 아무 일도 없었던 것 같은 메시지였다. 유키는 원래 다정한 성격이니까, 어색한 분위기를 날려 버리기 위해서 아무렇지 않은 척하고 있는 게 분명했다. 그런데 뭐라고 답장을 해야 할지 모르겠어서 손가락을 움직일 수가 없었다.

'동아리 활동이라……'

솔직히 그다지 내키지 않았다. 하지만 이대로 동아리에도 나가지 않으면 학교에 가는 것까지 싫어질 것 같았다.

─응, 일단 견학하러 가 보려고.

마음을 굳히고 이렇게 답장을 보냈다. 포기하기에는 아직 이르다. 이러는 것도 처음뿐이다. 예전과 다르지 않은 일상을 분명 되찾을 수 있을 것이다.

***

다음 날 점심시간. 교무실로 육상부 지도 교사인 고바야카와 준 선생님을 찾아갔다.

"선생님, 오늘 동아리 활동 견학하러 가도 될까요?"

고바야카와 선생님은 내 어깨에 손을 얹으며 웃는 얼굴로 말했다.

"하야토! 오기를 기다리고 있었다. 다시 열심히 해 보자꾸나."

"아, 네."

"의족으로 달리는 사람이 꽤 많더라. 선생님도 인터넷으로 영상을 찾아봤는데 말이야, 다들 육상용 의족을 하고 달리더라고. 패럴림픽 선수만 특별한 게 아니더구나. 지도 교사로서 선생님은 하야토가 다시 달리게 되기를 응원한다."

고바야카와 선생님이 인터넷으로 정보를 알아봐 준 것이 기뻤다. 나를 기다렸다는 말은 진심인 것 같았다. 계속 무겁게 나를 짓눌러 오던 공기가 갑자기 가벼워진 기분이 들었다.

"감사합니다! 열심히 하겠습니다!"

달리고 싶다는 기분이 퐁퐁 솟아났다.

나는 원래 장래가 유망하다는 말을 들었던 달리기 선수였다. 나의 운동 신경이라면 분명 의족으로도 어느 정도는 달릴 수 있을 것이다. 선생님처럼 응원해 주는 사람을 위해서라도 빨리 달릴 수 있게 되고 싶었다.

수업이 끝나고, 약 1년 만에 동아리 활동을 시작했다.

땀 냄새와 흙먼지가 뒤섞인 동아리방의 냄새. 전에는 지독하다는 생각밖에 안 들었지만, 오랜만에 맡으니 애틋하고 반갑기까지 했다.

나는 티셔츠와 반바지로 갈아입었다. 처음에는 견학만 할 생각이었지만, 고바야카와 선생님의 응원 덕에 의욕이 생겼다. 전과 다르지 않은 내 모습을 보여 드리고 싶었다. 그래서 달리기는 못 하더라도 스트레칭이나 근력 운동을 해 볼 생각이었다.

옷을 갈아입으면서 긴바지 체육복을 입을까 망설였다. 하지만 다들 반바지를 입었는데 나 혼자만 긴바지를 입으면 의족을 신경 써서 그런 것처럼 보이지 않을까, 그럴 바에는 당당하게 의족을 보여 줄 생각으로 반바지 차림으로 동아리 활동을 시작했다. 무서울 것은 아무것도 없다. 의족까지도 지금의 나니까.

하지만…….

굳은 다짐과 함께 시작했지만, 막상 동아리 활동이 시작되자 주위의 눈길을 견디기가 힘들었다. 사람들이 처음 보는 의족을 힐끔힐끔 쳐다보면서 수군거렸다. 동급생과 선배들은 괜찮냐며 유난히 챙기려 들었다. 스쳐 지나가던 다른 운동부원들은 의족을 보고 눈을 동그랗게 떴다. 이 모든 것이 내 가슴을 콕콕 찔렀다.

'그냥 긴바지를 입을 걸 그랬어.'

지금까지는 집과 병원만 오가는 생활을 했기 때문에 의족이 남들에게 어떻게 보일지 신경 쓴 적이 없었다. 하지만 사회에서는 의족이 이런 눈길을 받는구나. 일제히 내 쪽을 향해 오는 시선이 따갑게만 느껴졌다.

'동아리 활동도 그냥 오지 말 걸 그랬어.'

왼발로 모래를 찼다. 모래 먼지에 뒤섞여 부원들의 즐거운 웃음소리가 들려왔다. 그 목소리가 내 마음을 아프게 찔렀다.

완전히 해가 저물어 모두 집에 돌아갈 준비를 시작할 때였다.

"선배님, 궁금한 게 있는데요."

목소리가 들리는 쪽을 돌아보자 1학년 육상부원이 있었다.

아직 한 번도 이야기를 나눠 본 적 없는, 이름도 모르는 1학년생이 갑자기 말을 걸어오는 바람에 자연히 경계 태세를 보이고 말았다.

'뭐지, 이 녀석은? 뭘 물으려는 걸까?'

마음 한구석에 의족에 대해선 묻지 말았으면 하는 생각이 있었다. 나는 동요하는 마음을 숨기려 애쓰면서 대답했다.

"왜, 뭔데?"

"저기, 의족으로도 달릴 수 있나요?"

그 학생 뒤로 1학년 부원 몇 명이 내 쪽을 보며 수군대는 것이 보였다. 분명 저 녀석들이 의족으로도 달릴 수 있는지 물어보고 오라고 했겠지.

달릴 수 없다는 말은 하고 싶지 않았다. 만약 달릴 수 없다고 대답하면 저 녀석들은 달릴 수도 없는데 뭐하러 육상부에 와 있냐고 비웃을 것이 틀림없다. 1학년에게 우습게 보일 수는 없었다.

"그럼, 의족으로도 달릴 수 있어."

달려 본 적도 없으면서 대답이 술술 흘러나왔다.

"정말요? 좀 보여 주시면 안 돼요?"

'뭐야, 이 녀석, 누굴 바보 취급하는 건가?'

이름도 모르는 1학년생이 슬쩍 비웃는 것처럼 보였다. 기분 탓일지도 모른다. 그저 미소를 띠고 있었을 뿐인지도. 하지만 지금의 나에게는 의족을 비웃는 것으로밖에 보이지 않았다.

그래, 좋아. 달리면 될 거 아냐.

'하지만 이 의족으로 정말 달릴 수 있을까?'

일상용 의족과 육상용 의족은 다르다.

일상용 의족은 발 부분에 얇게 쿠션이 깔려 있을 뿐, 기본적으로는 그저 막대기에 불과하다. 용수철처럼 휘어졌다가 튕겨 나오는 힘이 없다. 그래서 본격적으로 달리기 위해서는 육상용 의족을 사용해야 한다. 육상용 의족은 대부분 카본제여서 구입하려면 큰돈이 든다. 인터넷으로 조사해 본 바로는 80만 엔 정도 하는 것도 많았다. 쉽게 살 수 있는 것이 아니니 내가 가지고 있을 리가 없다.

하지만 달릴 수 있다고 말해 버린 이상, 달리지 않을 방도가 없었다.

일상용 의족으로 총총 달리는 영상을 본 적이 있다. 그걸로 봐서 일상용 의족이라도 어느 정도는 달리기가 가능한 것 같다. 최근에는 제법 자연스럽게 걸을 수 있게 되었으니까, 조금이라면 무리 없이 달릴 수 있지 않을까.

"그래, 알았어."

나는 1학년의 얼굴을 흘깃 쳐다보고서 출발 지점으로 향했다.

스타트 위치에 섰다. 석회로 그어진 흰 선 저편을 가만히 응시했다.

마음속에서 호루라기가 울렸다.

나는 오른 다리가 있던 시절을 떠올리며 달리기 시작했다.

한 걸음, 한 걸음, 다리를 앞으로 내딛었다. 바람이 뺨을 스친다. 기분 좋은 바람이 불고 있다. 이 바람은 내가 일으킨 바람이다. 갈 수 있어. 일상용 의족은 가볍지도 않고 탄성도 없어서 지면을 박차도 반동이 느껴지지 않는다. 그 때문에 달리기 힘든 것은 분명하다. 그래도 나는 바람을 일으키고 있다.

'더 갈 수 있어! 더 달릴 수 있어.'

50미터 부근에서 더 속도를 올리려고 오른발에 더 세게 힘을 준 순간, 발밑에서 위화감이 느껴졌다. 뭔가 뚝 소리가 나더니 다리를 들어 올릴 수가 없었다.

'어?'

생각할 틈도 없었다. 내 몸은 균형을 잃고 앞으로 기울었다. 당황해서 자세를 바로잡으려고 했지만, 이미 늦었다. 나는 그대로 나뒹굴었다.

정신을 차리자 나는 한 바퀴 굴러 어둑어둑해진 하늘을 향해 누워 있었다. 옆을 보자 다리에서 벗겨진 의족이 내동댕이쳐져 있었다. '큰일 났다, 어쩌지' 하고 생각했을 때는 이미 돌이킬 수 없었다. 지금 이 순간이 꿈이기를 간절히 바랐지만 운동장에 나뒹구는 의족이 현실임을 여실히 보여 주고 있었다.

코스 한쪽에서 멍하니 나를 바라보고 서 있는 육상부원들의 모습이 보였다. 어느새 1학년만이 아니라 부원 모두가 나를 주목하고 있었다. 모두 어떻게 해야 할지 모르겠다는 얼굴을 하고 있었다. 그 시선은 잘려 나간 내 다리의 절단면에 집중되어 있었다.

유키의 모습도 보였다.

동요를 미처 숨기지 못한 표정이었다.

나는 황급히 한쪽 다리로 일어섰다. 더 이상 여기서 버틸 수가 없었다. 나뒹구는 의족을 끌어안고, 한쪽 발로 뛰어 운동장 한쪽 구석으로 피했다. 펜스에 의지해 도망치듯 운동장을 벗어났다.

조금이라도 빨리 도망치고 싶었다. 이제 여기는 내가 있을 곳이 아니다.

03
환상통

파란 하늘 아래, 떠나갈 듯한 환호성이 경기장을 가득 채운다. 스타트 라인에 서서 똑바로 앞을 응시했다. 코스를 나타내는 흰 선이 나를 맞이하듯이 쭉 뻗어 있다.

"On your mark!(제자리에)"

구령 소리가 들렸다. 한 줄로 늘어선 라이벌들과 함께 크라우칭 스타트 자세를 취했다. 환호성은 멎고, 경기장은 고요해졌다.

"Set!(준비)"

허리를 들어 올렸다.

스타트를 알리는 총성이 울렸다.

한 줄로 늘어서 있던 선수들이 일제히 달려 나갔다. 힘차게 팔을 휘두르며 속도를 높였다.

바람을 가르며 달린다. 온 세상이 고요해져간다. 주위 사람이 더 이상 보이지 않는다.

여기에는 나밖에 없다. 나 혼자만의 세계가 펼쳐진다.

다시 돌아왔다. 이 세계에.

다시 달릴 수 있다. 이 세계를.

골라인까지 앞으로 50미터. 속도를 더 올려야겠다고 생각한 순간, 오른쪽 발목이 갑자기 아파 왔다. 결승선이 바로 눈앞에 있는데, 나는 통증을 참지 못하고 발을 멈췄다.

다른 선수들이 차례차례 결승선을 통과한다.

나만 혼자 멈춰서 몸을 구부린 채 발목을 감싸 쥐고 있다.

결승선이 코앞인데, 어째서…….

여기서 눈이 떠졌다.

새벽 4시. 커튼 틈새로 보이는 밖은 아직 캄캄했다.

"아얏!"

오른쪽 발목에서 쥐가 난 것처럼 찌릿찌릿한 통증이 느껴졌다.

손으로 오른쪽 발목을 감싸려 했지만 헛손질만 할 뿐, 아무

것도 만져지지 않았다.

'아, 맞다. 나는 오른쪽 다리가 없지…….'

없는 발목이 아플 리가. 말도 안 되는 통증에 정신이 번쩍 들었다.

잠깐 놀라기는 했지만, 물리 치료사 선생님이 말한 '환상통'이라 불리는 증상이라는 것을 금방 깨달았다. 손이나 발을 절단한 뒤에도 여전히 존재하는 것처럼 아플 때가 있다고 한다. 실제로 없어진 부위가 아플 수는 없으니까, 이 통증은 마음과 뇌가 만들어 낸 것이다. 나는 오른 다리를 잃었다는 사실을 수없이 울면서 내 안에서 소화하고, 충분히 받아들였다고 생각하고 있었다. 지금까지는 환상통을 느낀 적도 없었다. 그런데 학교로 돌아와 육상부에 나가자마자 이 모양이다. 지금까지 환상통을 겪지 않았던 것은 단지 병원과 집이라는 보호 받는 세계만을 오갔기 때문이었을까. 나의 마음과 뇌는 아직 다리가 없다는 것을 받아들이지 못했나 보다.

다리를 절단한 뒤로 지나온 날들이 모두 소용없어진 것만 같았다.

***

학교로 향하는 발걸음이 무겁기 짝이 없었다. 2학년 건물 현관으로 들어서자 유키의 모습이 보였다.

"안녕, 하야토."

유키가 날 향해 웃어 보였지만, 그 웃음은 어딘가 어색해 보였다. 어제까지의 유키와는 완전히 달랐다.

"안녕."

나도 마주 인사했지만, 더 이상 대화가 이어지지 않았다. 서둘러 실내화로 갈아 신고 싶었지만, 여전히 쉽지 않아서 시간이 걸렸다. 그동안 유키는 아무 말 없이 나를 기다렸다. 결국 교실까지 나란히 걸어가게 되었다.

함께 걸어가는 동안에도 나는 무슨 말을 해야 할지 알 수가 없었다. 아마 유키도 그랬을 것이다. 우리 둘 사이에 대화는 오가지 않았다.

"오늘 동아리 활동 어떡할래?"

오랜 침묵 뒤에, 유키가 말을 꺼냈다. 어제 그런 사건이 있었던 터라 오히려 꼭 물어봐야겠다고 생각했던 모양이다. 어제의 일은 신경 쓰지 않는 척하고 싶었는지도 모른다. 나에게는 마치

의무적으로 하는 질문처럼 느껴졌다.

"아, 오늘은 좀……."

"그래?"

"응. 어제 오랜만에 스트레칭이다, 근력 운동이다 했더니 너무 힘들어서 말이야."

"알았어. 그럼 다음에 보자."

"그래."

거기까지 이야기하자 다시 대화가 끊겼다. 다리가 이렇게 되기 전에는 수업 시간에도 동아리 활동 때도 유키와 계속 붙어 있었다. 우린 그렇게나 많은 시간을 공유하면서도 다하지 못할 만큼 할 얘기가 많았었다. 그런데 지금은, 서로 할 말을 찾을 수가 없다.

우리는 입을 다문 채 교실로 들어섰다.

고작 5분도 걸리지 않은 시간이 너무 길게만 느껴졌다.

***

이후로도 계속 교실에서는 모두가 친절했다.

초등학교 때부터 알았던 친구들은 점심시간에 빵을 사다 주기도 하고, 현관에서 마주치면 신발장에 신발을 대신 넣어 주는 등 과하다 싶을 정도로 나를 챙겼다. 어떤 친구는 내가 화장실에 갈 때조차도 "뭐 좀 도와줄까?" 하고 물어볼 정도였다.

하지만 친구들이 나에게 친절하게 대할수록 나는 왠지 작아지는 기분이 들었다. 장애인이니까 친절을 베풀어야지, 장애인이니까 돌봐 줘야지 하는 가식으로밖에 느껴지지 않았다. 그리고 그 가식적인 친절은 다른 초등학교에서 온 애들에게도 조금씩 전염되어 갔다. 내가 걷고 있으면 길을 피해 주고, 수업 중에 지우개라도 떨어뜨리면 두세 명이 벌떡 일어나 주워 주려고 했다. 나는 지우개도 줍지 못하는 존재라고 생각하는 걸까?

"이번 쉬는 날 놀이공원에 가지 않을래?"

"좋지. 또 누구 부를까?"

"글쎄, 유키는 어때?"

공휴일에 뭘 할까 신나게 떠들던 반 애들이 내가 가까이 가면 입을 다문다. 나라고 아직 대화다운 대화도 거의 한 적 없는 애들이랑 놀이공원에 가고 싶을 리가! 그런데도 모두 미안하다는 듯이 말을 멈춘다. 스포츠 이야기를 하다가도 내가 가까이 가면 화제를 바꾸고, 동아리 활동에 대해 이야기하는 것조차도 미안해하는 기색이다. 나는 의족이니까, 놀러도 가지 못하고 운동도 하지 못해서 불쌍하다고 생각하는 거겠지.

처음에는 모두 의족에 대해서 적극적으로 물어보곤 했다. 다들 의족에 관심이 있는지 신체검사를 하려고 옷을 갈아입을 때도 힐끗힐끗 내 의족을 쳐다봤다. 하지만 지금은 절대로 건드려서는 안 되는 화제가 되어 버렸다. 의족은 내 앞에서 말하면 안 되는 것으로 굳어졌다.

아무도 의족 이야기를 하지 않게 된 대신 내 주위에는 어중간한 공기가 떠돌았다.

미움을 받는 것도, 무시를 당하는 것도, 따돌림을 당하는 것도 아니다. 하지만 나와 반 친구들 사이에는 보이지 않는 벽이 확고하게 자리 잡았다. 그 벽을 눈치채지 못한 척하는 것이 모두와 사이좋게 지내는 방법이라는 것을 나는 곧 깨달았다. 나는 그 사실을 인정할 수밖에 없었다. 그리고 가장 친한 친구라고 생각했던 유키 역시 그 벽 너머에 있었다.

특별히 유키와 사이가 틀어진 것은 아니다. 뭐가 변했는지 따져 보면 아무것도 변하지 않은 것 같기도 하다. 하지만 붙어 있는 시간이 줄어든 것은 확실하다. 함께 있을 때도 유키가 신경 쓰는 것이 은근히 느껴졌다. 벽 건너편에서 친절함만이 손을 내밀어 나를 도와주려고 한다. 하지만 마음은 여전히 벽 저편에 있다.

　유키와 이렇게 어색한 사이가 되리라고는 한 번도 생각해 본 적이 없었다. 우리는 분명 몇 년이 지나도 별거 아닌 일에 함께 웃을 수 있는 관계라고 믿었다. 그런데 어려서부터 쌓아 온 돈독한 관계가 한순간에 사라져 버렸다. 내 다리와 함께 싹둑 잘려 나갔다.

　다리를 잃는 바람에 가장 가까운 친구까지 잃어버리고 말았다. 아니, 잃은 것은 그뿐만이 아니다. 친구들이라는 존재가 소리를 내며 사라져 버렸다.

　학교에 다니기 시작한 지 한 달이 지났다. 그런데도 모두와의 삐걱거리는 관계는 도무지 나아지지 않았다.

　"하야토, 오늘 동아리 어떡할래?"

　지금도 유키는 때때로 이렇게 물어온다.

　"오늘은 좀……."

　"그래? 그럼 다음에 보자."

　의미 없는 대화. 우리 둘 다 그것을 안다. 하지만 이런 형식상의 대화마저 그만두면 정말 인연이 끊어져 버릴 것 같아서, 나와 유키는 여전히 같은 대화를 반복했다.

　딱 한 번 유키가 인사치레를 넘어서려 한 적이 있었다.

"하야토, 오늘 동아리 어떡할래?"

"오늘은 좀 그런데……. 다음에 갈게."

"다음이라니, 언제?"

"어?"

"다들 네가 언제 오나 기다리고 있어."

"기다린다고?"

왜 저렇게 빤히 보이는 거짓말을 하는 걸까. 그날 이후로 동아리에서도 나에 대해 이야기하는 것은 다들 꺼리고 있을 텐데. 평소에는 폭발물이라도 다루듯이 나를 대하면서, 동아리에서는 하루 빨리 오기를 기다리고 있다니, 말도 안 된다.

그러다 문득 나 혼자 꼬여 있는 건 아닐까 생각할 때도 있다. 그냥 친절을 고맙게 받아들이면 되는 거 아닐까? 하지만 벽이 느껴지는 기분은 내 마음 깊은 곳에 뿌리 박혀 있어서, 나로서도 어쩔 도리가 없었다.

나와 친구들 사이에 생긴 벽은 앞으로도 절대 넘을 수 없을 것이다. 평범하게 걷고 뛸 수 있게 되더라도 내 다리가 의족인 한, 진짜 다리가 아닌 이상 나는 불쌍한 존재일 수밖에 없다. 아무리 노력해도 '다리가 없는데도 잘 걷다니 대단하다', '다리가 없는데도 달릴 수 있다니 굉장하다'와 같은 말을 듣게 될 뿐이다. 나는 아무리 시간이 지나도 불쌍한 존재에서 벗어날 수가 없다. 다들 이런 나를 거추장스럽게 여기고 있을 게 분명하다. 차라리 없는 게 낫다고 생각할 것이다. 이런 나에게 존재의 의미가 있을까……?

그날 밤 나는 또 꿈을 꾸었다.
육상 대회가 열렸다. 어마어마한 환호성이 나를 에워쌌다.
스타트 라인에 선 나는 경기장을 둘러보며 말했다.
"이 대회에서 우승해서 반드시 올림픽에 나가는 모습을 보여주겠어."
내 말에 옆에 있던 선수가 대답했다.
"다리가 없는 하야토에게는 무리야. 안됐지만 이길 수 있을 리가 없어."
놀라서 옆을 봤더니 유키가 있었다. 유키는 나를 향해 메마른 웃음을 지어 보였다.
"다리가 없다고?"
놀라서 다리를 보자 거기에는 한쪽 다리로만 서 있는 내가 있었다. 의족도, 아무것도 신지 않았다. 잘려 나간 다리만 있을 뿐이었다.

"왜……? 왜 다리가 없지?"

"나한테 묻지 마."

"아, 그럼 의족을 하고 달릴래."

"의족이라고? 하지만 무리하면 또 넘어질 텐데."

유키는 쓴웃음을 지으며 대답했다.

"On your mark!"

구령 소리가 들렸지만, 나는 크라우칭 스타트 자세를 취할 수가 없었다. 다리가 없으니 스타트 자세를 취할 방법이 없다. 내가 멍하니 서 있는 사이에 "Set!" 소리가 들려왔고, 총성이 울렸다.

유키를 비롯한 다른 선수들이 일제히 달려 나갔다. 나는 어쩔 수 없이 한쪽 다리로 총총 뛰어 다른 선수들의 뒤를 쫓았다.

"기다려! 기다려 줘!"

필사적으로 한쪽 발로 뛰다가 넘어진 나는 바닥을 기어서라도 결승선을 향하려 했다.

"두고 가지 마……."

멀리 뻗은 흰 선 저편으로 다들 달려가 버렸다. 거침없이 앞으로 달려가 이제 눈에 보이지도 않는다. 모두에게 버림받아 혼자 남은 나는, 시선을 느끼고 경기장의 관객석을 바라봤다. 거기에는 수많은 사람들이 나를 불쌍하게 바라보고 있었다.

이불에서 벌떡 몸을 일으켰다. 그제서야 꿈이라는 것을 알았다.
내 마음이 이미 한계에 달했다는 것을 이제 깨달았다.
내가 아무리 달리고 싶어도 어쩔 수 없다. 다리가 없는 나에게 달리고 싶다는 꿈은 사치에 불과하다. 불쌍한 나는 보통 사람과 같은 행복을 바라서는 안 된다.
그날 수업이 끝난 뒤, 나는 교무실로 향했다.
고바야카와 선생님은 안 계셨다. 선생님의 책상 위에 동아리 탈퇴 신청서를 올려놓았다.
나는 두 번 다시 달리지 않기로 결심했다.

04
절단

"조금 더 생각해 보는 게 어떻겠니? 당분간 쉬어도 되니까 말이다."

고바야카와 선생님은 이렇게 말해 주셨다. 하지만 나는 고민한들 똑같은 결론밖에 나오지 않을 거라는 걸 알았다.

탈퇴 신청서를 제출하고 일주일이 지났다. 동아리를 그만두고부터는 운동장에서 달리는 부원들의 모습을 뒤로하고 집으로 돌아가는 나날이 시작되었다.

운동장 옆을 지나는데 마침 유키가 100미터 달리기를 시작하려는 참이었다. 호루라기가 울리고, 유키는 크라우칭 스타트 자세에서 달려 나오며 몸을 서서히 세웠다. 후반으로 갈수록 속도를 올리다가 그대로 결승선을 통과했다.

"멋지다."

나는 유키가 달리는 모습을 보고 육상부를 그만두길 잘했다고 생각했다.

동아리 활동을 그만두고 육상부 친구들과 나 사이의 거리는 점점 멀어졌다. 복도에서 마주치면 가볍게 아는 척하는 정도밖에 얽힐 일이 없었다. 쇼타 같은 경우는 나와 눈이 마주치면 슬그머니 시선을 피했다. 미적지근한 친절조차도 사라져 버렸다.

반 친구들은 여전히 겉치레뿐인 친절을 떠넘긴다. 하지만 그 외의 대화는 없었다. 그들과 나 사이에 있는 벽은 점점 두꺼워져 갈 뿐이었다.

이렇게 사람은 장애인이 되는구나.

친절을 베푼다. 도와준다. 왜냐하면 우리와는 다른 '장애인'이니까. 그렇게 자신들의 세계로부터 배제한다. 그것이 사회라는 걸 알았다.

"아빠, 있잖아요."

"응?"

"혹시 다리를 절단하지 않았으면 종양이 전이됐을까요?"

거실에서 쉬고 있는 아빠에게 아무렇지 않은 척하며 슬쩍 물어보았다.

의사 선생님은 나에게 다리를 절단할지, 남길지를 선택할 수 있게 해 주었다. 그때의 나는 다리를 남긴다는 선택지를 고를 수도 있었다. 그런데 나는 절단하는 쪽을 고르고 말았다.

"글쎄, 어땠을까? 가능성은 높았겠지만 이제 와서는 알 수 없는 일이지."

"그렇네요."

다리를 자르기로 한 결단이 옳았는지, 누구에게든 물어보고 싶었다. 자르겠다고 결정한 순간부터 옆에서 지켜봐 온 아빠라면 속 시원한 답을 알려 줄 것만 같았다. 하지만 의족 때문에 친구들과 잘 지내지 못한다는 말은 도저히 할 수가 없었다. 엄마도 아빠도, 유잉육종이 발병한 이래 계속 나를 걱정하고 있다. 더 이상 불안하게 만들고 싶지 않았다.

아빠는 켜져 있던 텔레비전을 끄고 내 쪽을 향했다.

"아빠는 말이야, 하야토가 다리를 절단한 것은 잘한 결정이었다고 생각해."

"왜 그렇게 생각하세요?"

"그때 네가 열심히 생각해서 결정한 거니까."

"네……."

"그러니까 자신을 가져. 어차피 어느 쪽의 인생이 더 나았을지는 절대 알 수 없잖니. 양쪽 인생을 다 살아 볼 수는 없는 거니까, 어떻게 알겠어."

"그건 그렇죠."

"어차피 알 수 없다면 죽어라 고민했던 너 자신을 믿는 수밖에 없어. 자신이 선택한 길을 믿고, 거기에서 최선을 다해 살아가는 것이 행복이라고 아빠는 생각한단다."

맞는 말이다. 다리를 남겨 두었다면 어땠을지는 알 수 없는 일이다.

하지만 지금 당장 다리가 없어서 침울한 나날을 보내고 있는데 나의 결단에 자신을 가지라니, 도저히 불가능하다는 생각이 들었다. 아빠의 말은 이상론에 불과하다. 지금의 나에게는 그렇게밖에 느껴지지 않았다.

아빠는 나름대로 나를 걱정하고 있었다. 그건 알지만, 아빠의 말은 내 마음속까지 스며들지는 못했다.

****

　침대에 드러누워 눈을 감자 괴롭고 힘들었던 순간들이 선명하게 떠올랐다.

　1년 전의 일이다.

　"하야토의 병명은 유잉육종입니다."

　의사 선생님은 미간을 찌푸리고 미안하다는 듯이 말했다. 의사 선생님 탓도 아닌데, 어째서 저런 표정을 지으시는 걸까. 이쪽이 오히려 죄송한 기분이 들었다. 엄마도 아빠도 당황스러운 표정이었다. 그럴 만도 하다. 우리 가족 모두 처음 들어보는 병명이었으니까.

　"유잉육종은 뼈에 생기는 암의 일종입니다."

　의사 선생님은 당황한 우리의 표정을 알아차린 듯이 말을 이었다.

　'암이라고······?'

　의사 선생님의 입에서 암이라는 단어가 나온 순간, 시간이 멈춘 듯한 기분이었다. 엄마는 너무 놀란 나머지 말을 잇지 못했고, 아빠는 입을 뻐끔거리며 할 말을 찾는 모양이었다.

　"우리 아들이······ 암이라고요?"

아빠가 겨우 찾아낸 말은 흔해 빠진 대사였다.

"네, 확실해 보입니다."

"정말요? ……."

"증상이 보이는 것은 오른쪽 다리의 종아리뼈입니다. 전신 검사를 해 보았습니다만, 다행히 전이는 없었습니다."

그 뒤로도 의사 선생님은 여러 가지 설명을 해 주었지만, 내용이 머리에 들어오지 않았다. 의사 선생님의 말을 듣고 알게 된 것은 내가 무척 운이 나쁘다는 것 정도였다.

평범한 중학교 1학년이라면 아무런 걱정 없이 학교에 다니며 신나게 동아리 활동에 몰두할 것이다. 친구들과 사소한 일로 시시덕거리고, 첫사랑에 설레기도 하고, 공부 때문에 고민하기도 하면서 울고 웃는 나날을 보내겠지. 하지만 나는, 그럴 수 없게 되었다. 유잉육종을 선고받은 순간, 평범한 중학교 1학년이 아니게 되었으니까.

***

나는 입원했다.

암의 크기를 줄이기 위한 항암제 치료가 바로 시작되었다.

항암 치료를 받는 동안 나는 내 인생을 저주했다. '어쩌면 이렇게 재수가 없을까' 하고 몇 번이나 생각했다. 구토감이 너무 심해서 의식이 몽롱해졌다. 온몸이 부어올라 뜨겁고 아팠다. 통증이 너무 심해 밤에도 잠들지 못했다.

치료를 시작한 뒤 일주일, 머리카락이 빠졌다. 머리카락을 쓸어 넘기자 가발처럼 쏙 빠져 버렸다. 항암제의 부작용으로 머리카락이 빠진다는 얘기는 들은 적이 있지만, 실제로 이렇게 쉽게 빠져 버린다는 게 기가 막혔다. 온몸에 큰 변화가 일어났다. 양손에 달라붙은 머리카락을 보기가 무서웠다. 하지만 공포를 느낄 새도 없이 항암제는 내 몸 구석구석까지 퍼져 순식간에 온몸의 털을 모두 빠지게 만들었다. 눈썹과 속눈썹을 비롯해 온몸의 털이란 털은 모두 빠져 버렸다.

입원 생활은 몸만이 아니라 마음까지 좀먹어 들어갔다.

나는 밤마다 인터넷으로 유잉육종을 검색했다. 어느 날 유잉육종에 걸린 여자아이의 블로그를 발견했다. 그 아이는 중학생이었는데, 같은 병에 걸린 사람들에게 참고가 되기를 바란다며 꾸준히 기록을 남기고 있었다. 병에 걸린 후로 나는 혼자서만 이 병과 싸우는 듯한 기분에 빠져 있었다. 하지만 이렇게 같이 싸우는 사람이 있다고 생각하자 위안이 되었다. 나는 그 애의 일기를 열심히 읽어 나갔다.

그 애는 왼쪽 다리의 발뒤꿈치에서 유잉육종이 발견됐다고 했다. 나와 마찬가지로 항암 치료를 하고 수술로 종양이 생긴 부위를 절제했다. 퇴원도 했다. 하지만 그 후 정기 검진에서 암의 재발이 발견되고 말았다.

그리고 그때부터 더 이상의 글이 올라오지 않았다.

그 뒤 갑자기 3개월 만에 올라온 글에서 가족인 듯한 인물이 그 아이가 죽었다는 소식만을 짧게 전했다. 나는 그 블로그를 보면서 희망을 키워 가고 있었다. 그 아이가 저렇게 해냈으니까 나도 할 수 있다고 마음속으로 격려하고 있었다. 그런데, 죽어 버렸다니. 이래서는 참고할 수가 없잖아. 나의 희망을 돌려 줘. 나는 그날 밤 이불 속에서 울었다. 소리 죽여 몰래 울었다.

***

항암 치료를 진행하면서 나는 엄마, 아빠와 함께 의사 선생님으로부터 앞으로의 치료 방침에 대한 설명을 들었다.

"하야토의 육종은 오른쪽 무릎 아래 20센티 지점부터 복숭아뼈 관절까지 퍼져 있으므로, 이 부분에 있는 육종을 모두 제거

하는 수술을 시행할 겁니다. 그 방법은 두 가지가 있는데, 하나는 뼈를 깎아 내서 다리를 보존하는 방법, 또 하나는 오른 다리를 무릎 아래 15센티 지점부터 절단하는 방법입니다. 다리를 자르는 경우에는 의족으로 생활하게 됩니다. 어느 쪽으로 할지 결정해 주셔야 합니다."

의사 선생님의 말이 마음속에 깊이 파고들었다.

'다리를 자른다고······?'

종양이 생긴 부분을 절제한다는 것은 알고 있었고, 다리를 절단하는 경우가 있다는 것도 알고 있었다. 하지만 어째서인지 나는 절단까지 할 일은 없을 거라고 생각하고 있었다. 나만은 괜찮을 거라고 막연히 믿었던 것이다.

지금 생각해 보면 어이없는 생각이다. 중학생이 되자마자 유잉육종에 걸린 운 나쁜 내가, 어떻게 다리를 절단하냐 마냐에 있어서만은 운이 좋을 거라고 생각했던 걸까. 하지만 그때의 나는 다리를 절단한다는 것을 현실로 받아들일 수가 없었다.

"선생님, 농담이시죠? 다리를 자르다뇨?"

웃음을 섞어 반문하는 나에게 의사 선생님은 진지한 얼굴로 대답했다.

"농담이 아니란다. 육종을 완전히 제거하기 위해서는 다리를 절단하는 것도 고려해 볼 만한 방법이야."

"어떻게 그런……."

"선생님! 다리를 절단한다니, 그건 도저히 안 되겠어요. 다리는 남겨 주세요."

더 이상 견딜 수 없었는지 엄마가 끼어들었다. 그 말에 용기를 얻어 나도 다시 한번 대꾸했다.

"맞아요, 선생님. 다리가 없으면 다시는 달릴 수가 없잖아요. 다리를 자르다니, 전 싫어요."

그런 우리를 보고 의사 선생님은 자세하게 설명을 시작했다.

"다리를 보존하면 겉보기에는 수술 후에도 다를 바가 없습니다. 다리를 보존하는 편이 정신적으로는 더 나을 거예요. 다만 절단하는 경우에 비해 재발할 확률이 훨씬 높아집니다. 게다가 다리를 남겨 두면 오히려 달리기는 더 어려워집니다."

나는 선생님의 말을 이해할 수가 없었다.

'다리를 남기는 편이 달리기 더 어렵다고?'

이상한 말이다. 상식적으로 봤을 때 다리가 있는 쪽이 더 쉽게 달릴 수 있는 것이 당연한데, 의사 선생님은 정반대의 말을 하는 것이 아닌가.

"선생님, 무슨 뜻인가요? 다리를 남겨도 달릴 수 없다뇨?"

"다리를 남긴다고 해도 뼈를 깎아 내야 하기 때문에 달리기 같이 다리에 부담을 주는 운동은 더 이상 할 수 없게 됩니다. 다리가 있어도 행동은 제한될 수밖에 없는 셈이죠."

"이럴 수가……. 하지만 다리를 자른다면 어떻게 스포츠를 할 수 있죠?"

"지금은 의족이 굉장히 발달해서 스포츠용 의족이 따로 있답니다."

"스포츠용 의족이요?"

"혹시 패럴림픽을 본 적이 있니?"

의사 선생님은 다정한 말투로 나에게 물었다.

들어본 적은 있다. 올림픽이 끝나고 이어서 개최되는 장애인 경기다. 하지만 실제 경기 모습은 영상으로도 본 적이 없었다.

"들어보기는 했지만, 본 적은……."

"패럴림픽에서는 의족을 착용한 사람들이 여러 가지 스포츠를 하고 있어. 한번 영상을 찾아보렴."

"패럴림픽이라고요……?"

나는 마음이 전혀 내키지 않았다.

설령 패럴림픽 선수가 의족으로 스포츠를 한다고 해도, 내 꿈은 올림픽이다. 올림픽에 나가서 100미터와 릴레이 종목에서 메달을 따는 것이다. 그렇게 순순히 받아들일 수는 없었다.

"선생님, 다리를 남긴 채로 암도 완치시키고, 하고 싶은 운동도 할 수 있는 방법은 없는 건가요?"

엄마가 애원하듯이 말했다.

의사 선생님은 안타깝다는 듯이 고개를 흔들었다.

"지금의 의학으로는 무리입니다."

지금의 의학이란 건 뭘까. 장래에는 가능하다는 의미일까? 장래라니 언제?

5년 뒤? 10년 뒤?

내가 올림픽에 육상 선수로 출전할 수 있는 것은 언제까지일까? 기껏해야 20대 후반까지겠지? 만약 5년 뒤에 의학이 발달해서 다리를 남겨 둔 채로도 달릴 수 있게 되더라도, 달리지 못했던 5년간의 공백을 극복하고 20대 후반 이전에 올림픽에 나가는 것이 과연 가능할까? 당연히 불가능하다. 미래의 의학이고 뭐고 무슨 소용이람. 지금의 의학이 중요하잖아. 의사 선생님은 대체 무슨 소리를 하는 걸까? 패럴림픽은 장애인들의 대회다. 나는 올림픽에 나가고 싶어. 장애인 취급하지 마.

나는 그렇게 고래고래 소리를 지르고 싶었지만, 아무 말도 하지 못한 채 주먹을 꽉 쥐고 고개를 숙였다.

계속 조용히 듣고 있던 아빠가 입을 열었다.

"선생님, 지금 바로 결정을 내리기는 힘들 것 같습니다. 가족끼리 상의할 시간을 가질 수 있을까요?"

"네, 물론입니다."

"언제까지 결정하면 되겠습니까?"

"어디 보자……. 암이 확산될 가능성이 있으니 가능한 빨리 결정하시는 편이 좋습니다. 하야토의 몸을 위해서도요. 3일 뒤면 어떻겠습니까?"

"알겠습니다."

아빠가 고개를 끄덕였다.

빨리 결정을 내릴 수 있을 리가 없잖아요. 어떻게 그렇게 간단히 말씀하실 수가 있어요? 의사 선생님에게 울컥 짜증이 치밀었다. 하지만 이대로 손을 놓고 있으면 죽는다. 어느 쪽이든 선택해야만 한다는 것은 명백하다.

그날 밤, 나는 어떻게 하고 싶은지를 생각했다. 오른 다리를 보존하는 경우와 절단하는 경우의 인생을 상상해 봤다.

내 머릿속에는 트랙 위에 곧게 그어진 흰 선이 떠올랐다.

바람을 가르고 트랙을 달리는 순간.

나는 그 순간에 가장 살아 있음을 느낄 수 있었다.

만약 다리를 남긴다면 약해진 다리로 지팡이를 짚고 생활하게 될 것이다. 휠체어를 타야 할지도 모른다. 그렇게 되면 다시는 트랙 위를 전력 질주 할 수 없게 된다. 무엇보다 다리를 남겨 두면 암이 재발할 가능성도 있다. 항암 치료는 너무 힘들어서 다시는 하고 싶지 않았다.

그렇다고 다리를 자르자니, 너무 큰일이라서 상상조차 하기 어려웠다. 의사 선생님은 다리를 잘라도 달릴 수 있고, 패럴림픽도 있다고 말했지만, 뭔가 현실감이 들지 않았다.

그럼 달릴 수 없는 인생을 살아도 괜찮은가? 스포츠가 불가능한 인생이라도 상관없나?

그건 싫다. 그렇다면 이 오른 다리를 절단하고 의족으로 생활해야 한다.

하지만 의족을 쓰게 되면 올림픽에는 나갈 수 없다.

몇 번을 생각해도, 빙글빙글 제자리를 맴돌 뿐 결정할 수가 없었다. 다리를 잘라야 하는 인생, 다리는 있지만 달릴 수 없는 인생, 정말 그 두 개의 선택지밖에 없는 걸까.

밤새 생각하고 또 생각했다. 간신히 잠이 든 것은 날이 밝아 올 무렵이 되어서였다.

그로부터 사흘 뒤, 병원에 온 엄마 아빠에게 말했다.

"다리를 절단해서 스포츠를 할 수 있는 몸을 되찾고 싶어요."

아빠는 눈을 감고 하늘을 올려다보더니, 입을 열었다.

"그게 하야토가 내린 결정이구나."

"네."

아빠의 표정은 조금 아쉬워하는 것처럼 보였다.

"알겠다. 네가 내린 결정을 존중하고 싶구나. 엄마와 아빠도 이야기를 많이 나눴어. 솔직히 말하자면, 하야토가 다리를 잃는 건 엄마 아빠에게도 정말 괴로운 일이야. 하지만 말이다, 우리에게는 더 견디기 힘든 일이 있는데, 그것은 바로 너를 잃는 거란다. 다리를 절단하는 걸로 병의 재발을 막아 하야토를 잃을 염려가 사라진다면, 그게 나을 수도 있다고 생각했어. 그러니까 엄마 아빠는 네가 다리를 절단하는 쪽을 선택한다면 그 의견을 지지하기로 마음먹고 있었단다."

아빠는 그렇게 말하고선 내 손을 힘주어 잡았다.

"힘내라, 하야토."

"네."

나는 아빠의 손을 마주 잡으며 고개를 끄덕였다. 아빠는 입을 일자로 꾹 다문 채 그 이상 아무 말도 하지 않았다.

엄마가 나를 끌어안았다. 이제 어린애도 아닌데 왜 이러냐며 엄마 품에서 벗어나려 하다가, 그만두었다. 엄마 품속이 따뜻했기 때문이다. 차갑게 굳어 있던 내 마음에 엄마의 온기가 사르르 스며들었다. 기분 탓일까? 엄마가 '미안해'라고 말하는 것 같았다. 나는 작게 고개를 끄덕이는 것밖에 할 수 없었다.

다음 날, 나는 오른 다리를 절단하겠다고 의사 선생님에게 말했다.

***

수술 당일, 평소 기상 시간보다 제법 빨리 눈이 떠졌다.

나는 이불을 걷어 내고 내 오른 다리를 바라보았다. 오늘의 수술로 이 다리와도 이별이다. 오른 다리를 살며시 만져 보았다. 이 다리가 있어서 달리기를 좋아하게 되었고, 스포츠를 즐기며 살았다. 이 오른 다리 덕분에 지금의 내가 있다.

수술까지는 아직 시간이 있었다. 마지막으로 기념 삼아 할 만한 것이 뭐가 있을까 생각한 끝에, 옥상으로 올라가 조금 달렸다. 달리면 발목이 아팠지만, 그래도 달려야 할 것만 같았다. 이별 의식이다. 마음이 허전했다. 가슴이 아려오면서 눈물이 날

것 같았지만, 참고 달렸다. 마지막을 눈물로 장식하고 싶지는 않아서 웃으며 달렸다.

오후가 되었다. 수술실로 들어가 마취제를 맞았다. 안녕, 내 오른 다리야. 마음속으로 인사를 건넸다. 내 기억은 거기서 끝났다.

눈을 뜨자 나는 침대 위에 있었다.

수술은 오후부터 시작했는데, 밖은 이미 캄캄해져 있었다. 엄마가 침대 옆에 놓인 의자에 앉은 채 이불에 얼굴을 묻고 잠들어 있었다. 엄마도 피곤했나 보다. 나도 지쳐서 아직 잠기운에 취해 있었다. 하지만 정말 다리가 없어졌는지 신경이 쓰여서 이불 속에서 꼼지락꼼지락 손을 뻗었다.

그때 엄마가 눈을 떴다.

"정신이 드니?"

"네. 수술은 성공했어요?"

"선생님이 대성공이라고 하셨어."

"그렇군요."

"하야토는 기초 체력이 있으니까 회복도 빠를 거라고 하시더라."

"다리는요? 정말 잘랐어요?"

"······응."

"전혀 모르겠는데······."

"무슨 소리야?"

"아니, 마취가 되어 있어서 그런가, 다리가 없다는 느낌이 안 들어서요. 지금도 있는 것 같아요. 만질 수 있을 것 같은데······."

다리가 없어졌다는 게 실감 나지 않아 다시 한번 다리로 손을 뻗으려는데, 그 순간 엄마 품속에 파묻혔다.

"네 다리는 말이야······ 하야토의 다리는······."

엄마는 더 말을 잇지 못했다.

"괜찮아요. 전 괜찮다니까요."

어쩐지 엄마가 불쌍하게 느껴져서 위로하듯이 괜찮다고 말했다.

여전히 실감은 나지 않지만, 엄마의 목소리를 들으니 다리가 절단된 것은 틀림없는 모양이다. 엄마를 꼭 끌어안으면서, 이제 내 다리는 없어졌구나 하고 하늘을 올려다보았다. 병실의 무미건조한 형광등이 내 감정을 빼앗았다. 다리가 없어졌다는 걸 알았지만 슬프지는 않았다.

***

오른 다리를 절단한 뒤로도 약 반년 동안 항암 치료를 계속해야 했다. 병행해서 재활 훈련도 시작되었다.

처음에는 의족이 없어서 휠체어 생활을 했다. 수술 후 일주일이 지났을 무렵에는 목발을 사용해 걷기 시작했다. 목발을 사용해 한쪽 발로 걷는 연습은 수술 전부터 하고 있었기 때문에 그리 힘들지 않았다.

그렇게 조금씩 앞으로 나아가기 시작했다. 다리를 절단한 지 일주일이 지났지만 슬픔은 느껴지지 않았다. 수술 전에 이미 바닥을 칠 만큼 우울했기 때문에 이제 괜찮아졌나 보다, 하고 나는 태평하게 생각하고 있었다.

목발에도 제법 익숙해지자 다른 생각이 들기 시작했다.

'지금 같은 컨디션이면 좀 더 걸을 수 있지 않을까?'

지금은 재활 훈련 때만 걸을 뿐, 그 외에는 휠체어를 사용하고 있다. 재활 훈련 시간에 주어진 과제는 여유롭게 해내고 있으니까 좀 더 할 수 있을 것 같았다. 나는 하루 빨리 이전처럼 뭐든지 할 수 있게 되고 싶었다.

면회 시간이 끝나면 병동은 조용해진다. 호출벨 소리와 간호사 선생님의 발걸음 소리가 가끔 들릴 뿐, 그마저도 소등 시간이 지나면 거의 사라진다. 한밤중에는 인기척도 거의 없다. 나는 그 틈을 타서 병원 내를 조금 걸어 보자고 생각했다. 한밤중의 산책이라고나 할까.

침대 위의 작은 조명을 켰다. 침대 옆에 놓아둔 목발을 겨드랑이에 끼고 천천히 일어났다.

'괜찮아, 할 수 있어.'

나는 스스로를 북돋우며 목발을 짚고 복도로 나갔다.

아무에게도 의지하지 않는 혼자만의 자유 시간. 수술 이후로 병실 밖에 나갈 때는 항상 간호사 선생님이나 엄마 또는 아빠가 있었다. 혼자 마음대로 걷는 것은 처음이다.

쥐 죽은 듯 고요한 복도. 때때로 간호사 선생님의 발걸음 소리가 들렸지만, 이쪽으로 다가오는 기색은 없었다.

'조금 더 걸어 보자.'

복도 끝에서 오른쪽으로 꺾으면 대기실이 있다. 거기까지 가 보자. 거기라면 창문이 넓으니까 바깥 풍경이 보일지도 모른다.

목발 소리가 울릴까 봐 조심스레 걸음을 옮겼다. 넘어지지 않도록 천천히 한 걸음씩 걸어갔다. 이런 데서 넘어지기라도 하면, 바로 간호사 선생님을 부를 수도 없다. 무엇보다도 수술한 자리가 참을 수 없이 아플 게 분명하다.

　복도를 지나 오른쪽으로 방향을 틀자 큰 창문이 보였다.

　한 걸음, 한 걸음 발을 옮길 때마다 바깥 풍경에 가까워졌다. 널찍한 창문 앞까지 다가갔다. 그리고 거기서 할 말을 잃었다.

"이게…… 나라고?"

　병원 내의 희미한 조명을 받은 내 모습이 창문에 비쳐 보였.

　창문에는 한 다리가 없는 기묘한 소년의 형상이 있었다.

　내가 모르는, 내 모습이 거기 있었다.

　오른 다리를 절단한 것은 알고 있었다. 무릎부터 아랫부분이 없는 것도 눈으로 봐서 잘 알고 있었다. 하지만 창문에 비친 내 모습은 한없이 낯설기만 해서, 나는 공포를 느꼈다.

　다리가 없는 내가 남들에게 어떻게 보이는지를 처음 깨달았다. 다리가 없는 내 모습은 기분이 나빴다. 처음 보는 생물을 접한 기분이었다.

　'……잘못 생각했나?'

　다리를 절단하기로 한 것은 실수였을지도 모르겠다. 나의 결정이 정말 옳았을까? 지금까지 품었던 신념이 흔들렸다.

설령 잘못된 결정이었다고 해도, 내 다리는 다시는 돌아오지 않는다.

아무리 기도한들 오른 다리가 다시 돋아날 리 없다.

이미 어쩔 수 없는 일이다.

되돌릴 수 없는 후회에 휩싸인 순간, 몸에서 힘이 빠져 나는 그 자리에 소리를 내며 넘어졌다.

소리를 들은 간호사 선생님이 달려왔다.

"어머, 괜찮아요?"

간호사 선생님이 나를 발견하고는 서둘러 휠체어를 가지러 갔다. 나는 휠체어에 실려 병실로 돌아왔다. 그 후의 일은 잘 기억나지 않는다.

그날 밤, 내 머릿속에는 창문에 비친 내 모습이 계속해서 재생되었다. 눈물이 하염없이 쏟아져서 나는 소리가 새어 나가지 않도록 베개에 얼굴을 파묻고 울었다. 울다 지쳐 나도 모르게 잠이 들 때까지 울었다. 다리가 없는 나를 보고 운 것은 이날이 처음이었다.

***

 수술로부터 2개월이 지나, 드디어 가의족을 장착할 수 있게 되었다.

 가의족이란 본의족을 맞출 때까지 사용하는 훈련용 의족을 말한다. 내 다리의 형태에 맞게 본을 뜨고, 다리 모양과 키, 몸무게에 맞춰 제작하게 된다. 내가 사용하는 핀 방식 하퇴의족은 다리의 절단면을 감싸기 위한 실리콘 라이너와 그 위로 다리를 감싸면서 지지하는 소켓, 발목 역할을 하는 의지발, 의지발과 소켓을 연결하는 알루미늄제 튜브, 의지발을 감싸는 발 모양의 풋커버로 구성되어 있다. 각 부품의 각도와 위치, 방향을 세세하게 조정하며 맞추는 작업을 얼라이먼트 설정이라고 한다.

 내 의족을 만들어 준 의족 제작자인 곤도 미노루 아저씨는 나의 보행 방식과 능력, 근력 등을 고려해서 세밀하게 얼라이먼트 설정을 해 주었다.

 "의족은 처음이지? 어떠니?"

 "균형 잡기가 쉽지 않네요."

 곤도 아저씨의 질문에 이렇게 대답했다. 착용감이 좋다고는 도저히 말하기 힘들었다. 죽마에 올라탄 느낌이라 균형을 잡는 것만도 힘겨웠다.

그 후 물리 치료사인 도쿠다 료타 선생님과 함께 의족을 착용한 채 평행봉을 잡고 걷는 연습과 목발을 짚고 걷는 연습을 병행했다.

"처음에는 다들 고생하는 법이야. 서두르지 말고 천천히 해보자꾸나."

도쿠다 선생님은 자상하게 격려의 말을 건네주었다. 도쿠다 선생님의 말에 따르면 나와 비슷한 나이의 학생들은 다들 금방 걷는다고 한다. 나는 조금이라도 빨리 걸을 수 있게 되고 싶었다.

조금씩 의족에 익숙해지자, 이제 목발 없이 의족만으로 일어섰다 앉기, 발밑에 장애물을 두고 피해 지나가기, 떨어진 물건 줍기 등 일상적인 동작의 재활 훈련이 시작되었다.

그런 동작을 문제없이 해낼 수 있게 되었을 무렵에 정식으로 본의족을 만들게 되었다. 절단한 다리의 단면부는 수술 후 한동안 형태가 변화한다. 가의족을 착용하는 동안 형태가 거의 자리 잡혔기 때문에 이제 다시 한번 다리의 형태를 본떠서 나에게 맞춘 의족을 만드는 것이다.

본의족을 착용한 것은 수술로부터 3개월 정도가 지나서였다. 본의족을 갖게 되었다고 해서 특별히 뭔가가 바뀌는 것은 아니다. 하지만 드디어 나의 다리가 생겼다는 것이 기뻤다.

본의족을 착용하면서 건물 외부를 걷는 보행 훈련이 시작되었다. 병원 건물을 나와 외부의 경사로나 중정의 포장되지 않은 흙길을 의족으로 걸어 봤다. 그 중에서 가장 어려운 것은 계단이다. 계단의 폭이 넓으면 괜찮다. 하지만 폭이 좁으면 의족의 발끝에서 발뒤꿈치까지, 풋커버 전부가 계단 한 칸 안에 다 들어가지 않는다. 일부라도 계단에서 삐져나오면 의족으로는 균형을 잡기가 어려워 휘청거리고 만다.

특히 계단을 내려갈 때가 힘들었다. 풋커버의 발끝이 튀어나와 있으면 그대로 앞으로 고꾸라져 넘어질 것만 같았다.

"으악!"

"괜찮니?"

계단에서 굴러 떨어질 뻔한 나를 도쿠다 선생님이 잡아 주었다.

"네, 괜찮아요."

나는 자세를 바로잡으면서 말했다.

"이래서 정말 걸을 수 있을까요?"

지금 상태를 봐서는 안심이 되지 않았다. 지금은 항암 치료 중이기도 해서, 매일 보행 연습을 하지는 못하고 있다. 그것도 생각보다 진전이 없는 이유 중 하나다.

"다들 그래. 특히 계단은 고생하는 사람이 많으니까, 걱정하지 마. 전에 내가 재활 훈련을 담당했던 사람도 계단에서 얼마나 고생했는지 몰라. 계단을 내려가질 못하겠다면서 이렇게 말하는 거야.「당신도 깨금발로 계단을 내려가야 한다고 한번 생각해 봐요. 무서운가 안 무서운가!」그래서「깨금발이라뇨, 의족이 있지 않습니까?」하고 대답했더니, 의족은 목발 같은 거라서 계단에서는 쓸모가 없다고 그러는 거야."

"목발이라고요……?"

"응, 그렇게 말하더구나. 뭐, 목발은 계단에서도 도움이 될 테지만, 목발을 짚고 계단을 내려가려고 하면 무섭겠지. 그러니까 그분도 굉장히 무섭다는 뜻이었을 거라고 생각해. 하지만 결국에는 열심히 연습해서 극복해 냈어. 의족으로도 편하게 계단을 내려갈 수 있게 됐으니까."

"어떻게 해서 성공했나요?"

"역시 익숙해지는 수밖에 없다고 생각해. 연습하는 것뿐이지."

"역시 그렇겠죠……."

"괜찮아. 하야토는 그분보다 운동 신경이 좋으니까 금방 할 수 있을 거야."

계단을 내려가는 요령은 알아낼 수 없었지만, 어딘가에 나와 마찬가지로 의족과 분투하는 사람이 있다는 것을 알게 되자 조금 마음이 편해졌다.

"그분은 의족을 잘 다룰 수 있게 되고서는 이런 말을 했어. 의족은 자전거 같은 거라고. 연습하지 않으면 탈 수 없지만, 일단 탈 수 있게 되면 그 후로는 언제든지 자연스럽게 탈 수 있다고 말이야. 굉장히 편리한 거라고."

의족은 자전거 같은 거라고? 나는 어렸을 때를 떠올렸다. 공원에서 아빠에게 처음 자전거를 배우던 날, 나는 수없이 넘어지면서도 다시 일어나 연습했다. 어느 순간 자전거를 타는 데 익숙해지자, 왜 그렇게 어려워했는지 이해할 수 없을 정도로 자유롭게 달릴 수 있었다.

"그리고 또 하나는 의족을 믿을 것."

"의족을 믿는다고요?"

"그래. 의족을 믿고 체중을 싣는 거야. 지금은 무의식적으로 멀쩡한 다리 쪽에 체중을 싣고 있어서 의족은 거들기만 하는 상태거든. 그걸 해결하면 좀 더 편하게 의족을 사용할 수 있을 거야."

체중을 싣는 것이 의족을 믿는다는 뜻이라고? 아직 잘 이해가 되지 않았지만, 일단 의식적으로라도 그렇게 해 보는 수밖에 없다. 자전거를 탈 수 있게 되었던 그날처럼, 분명 의족도 자유롭게 다룰 수 있는 날이 올 것이다.

나는 그것을 믿고 매일 재활 훈련을 계속했다.

드디어 맞이한 퇴원 날 아침, 나는 병실에서 의족을 착용하고 긴바지를 입고서 복도에 있는 전신 거울 앞에 서 보았다. 긴바지를 입으면 다리를 절단하기 전의 내 모습과 전혀 다를 바 없어서, 의족을 하고 있다고는 생각되지 않았다. 긴바지의 밑단을 살짝 끌어올렸더니 알루미늄제의 튜브가 얼굴을 내밀었다. 그래도 지금은 이것이 나의 다리라는 생각이 든다. 의족으로 걸을 수 있게 된 나는 간신히 그때 본 기묘한 내 모습을 이겨 냈다는 기분이 들었다.

***

길었던 투병 생활을 떠올리며 나는 침대 옆에 세워 두었던 의족을 물끄러미 쳐다보았다.

그래.

나는 달리기 위해서 다리를 잘랐다.

그런데 육상부를 그만둬 버렸다.

내가 생각해도 참 바보스럽기 짝이 없다. 육상부를 그만둘 거였다면, 더 이상 달리지 않을 거였다면, 다리를 남겨 둘 걸 그랬다. 그랬다면, 설령 달리지 못한다 해도 겉보기에는 남들과 다르지 않아서, 이런 식으로 주위에서 불쌍한 눈으로 보지는 않을 텐데. 유키와도 편한 친구인 채로 남을 수 있었을 텐데.

달리지 않을 거였다면……

어차피 달리지 않을 거였다면…….

다리를 남겨 두고서 달리기 말고 다른 데서 재미를 찾을 걸 그랬다. 올림픽 선수가 되는 것 말고 다른 꿈을 찾으면 되는 걸 그랬다. 그렇게 살아가면 됐을 텐데. 겨우 그 정도 일인데 나는 왜 달리는 데 집착해서 다리를 절단해 버렸을까.

왜 그렇게 멍청한 짓을 했을까…….

달리기가 뭐라고…….

나는 가만히 의족을 응시했다.

좀 전에 아빠가 한 말이 다시 생각났다.

"어떤 인생이 더 나았을지는 절대 알 수 없잖니. 그렇다면 죽어라 고민했던 너 자신을 믿는 수밖에 없어. 자신이 선택한 길을 믿고, 거기에서 최선을 다해 살아가는 것이 행복이라고 아빠는 생각한단다."

스스로 선택한 길을 믿는다.

달리기 위해서, 다리를 자르기로 결정한 나를 믿는다.

나에게는 이미 그 길밖에 없다······.

나는 침대에서 몸을 일으켰다. 의족을 손에 들었다.

후회할 만큼 후회하고, 체념할 만큼 체념도 했다.

마음이 허전하다.

하지만 아무리 후회해도 나의 오른 다리는 새로 돋아나지 않는다. 지금의 내 다리는 이 의족이다.

그렇다면······ 다시 한번 달려 볼까?

지금처럼 재미도 꿈도 없이 사느니, 한 번 더 달려 볼까?

그러면 뭔가 바뀔지도 모른다. 움직이기 시작할지도 모른다.

달리기와 한 번 더 마주하지 않고는, 앞으로 나아갈 수 없다는 생각이 들었다.

05
동경

5월의 일요일, 곤도 아저씨의 작업실을 방문했다.

육상부에서 크게 넘어진 이후로 의족이 비틀어지기라도 했는지 걸을 때 불편함이 느껴졌기 때문이다. 금방 점검을 마친 곤도 아저씨에게 걷기 힘들었던 원인을 묻자, 곤도 아저씨는 "풋커버에 작게 금이 간 부분이 있었어. 그리고 나사가 느슨해졌던데, 그래서가 아닐까?" 하고 대답했다. 그러고는 나사를 꼭 조이고, 풋커버를 새로운 것으로 교체해 주었다.

"그래, 별일 없이 잘 지냈니?"

곤도 아저씨가 의족을 수리하면서 물었다.

"걷는 데는 꽤 익숙해졌어요."

"응? 그럼 다른 무슨 일이 있었나 보구나?"

나의 말투가 마음에 걸렸는지 곤도 아저씨가 되물었다.

"아, 아니요. 아무것도 아니에요. 상관없는 얘기였어요."

의족 제작자인 곤도 아저씨는 어디까지나 의족을 조정해 주는 사람일 뿐, 고민을 들어 주는 사람은 아니다. 그러니 개인적인 얘기를 주절주절 늘어놔서는 안 된다는 생각이 들었다. 무엇보다 지금 나는 달리 물어봐야 할 것이 있었다.

"그것보다, 여쭤보고 싶은 게 있는데요……."

"뭔데?"

"정말 의족으로도 달릴 수 있나요?"

곤도 아저씨는 조금 놀란 얼굴로 말했다.

"역시 달리고 싶은 거구나."

"아, 네……."

"물론 달릴 수 있고 말고. 전에 패럴림픽 영상도 본 적 있지 않니?"

"보긴 했는데, 역시 영상만 봐서는 저도 달릴 수 있다는 게 잘 실감 나지 않는다고나 할까요. 달릴 수 있는 사람이 있다는 건 알겠는데, 어떻게 하면 제가 달릴 엄두가 날지는 아직 잘 모르겠어요."

"그래, 그럴 만도 하지. 그럼 한번 보러 오렴."

"네? 뭐를요?"

"다음 달, 6월 중순쯤에 간토(関東) 지역* 패러 육상 대회가 열리거든."

거기까지 말하고 곤도 아저씨는 작업실의 컴퓨터로 대회 홈페이지를 검색해서 보여 주었다. 정식 대회명은 '간토 패러애슬리트(para-athlete)** 육상 경기 대회'라고 하는 모양이다.

"아, 여기 있다. 이거야. 꽤 큰 대회거든. 패럴림픽에 나가는 선수도 참가한단다. 우선은 의족 육상 선수가 달리는 모습을 직접 보는 게 어떨까?"

"그럴까요……?"

"내가 담당하는 패럴림픽 선수도 나오거든. 소개해 주마."

"아, 네. 그럼…… 부탁드릴게요."

"그래, 그래. 나만 믿어."

곤도 아저씨는 자신만만하게 말했다.

---

* 도쿄와 인근 6개 현을 묶어서 부르는 명칭.
** 장애를 가진 육상 선수들을 폭넓게 일컫는 단어.

***

그날은 육상 대회에 어울리게 쾌청한 날씨였다.

간토 패러애슬리트 육상 경기 대회가 열리는 경기장은 도쿄 내에 있기는 했지만 우리 집에서는 상당히 멀었다. 나는 아침 일찍 집을 나섰다. 아빠도 패럴림픽 선수가 달리는 것을 보고 싶다고 하셔서, 둘이서 함께 전철을 타고 경기장으로 향했다.

집에서 가장 가까운 역에서 전철을 타고 1시간 넘게 걸려 경기장에 도착했다. 경기장 주위에는 이미 의족을 착용하거나 휠체어를 탄 사람들이 많이 모여서 워밍업을 하고 있었다.

'의족을 쓰는 사람이 이렇게 많은 광경은 처음 봐……'

의족이 당연한 것만 같은 세계가 눈앞에 펼쳐져 있었다.

"정말 놀라운데? 의족 육상 선수가 이렇게 많구나."

아빠도 감탄한 듯이 말했다.

우리 학교에서 의족을 사용하는 사람은 나 혼자밖에 없다. 그래서인지 지금까지 의족을 착용하고 있는 것은 이 세상에 나밖에 없는 것 같다는 생각에 빠져 있었다. 세상에서 나 혼자만 외로이 의족을 보는 주위의 시선과 싸우고 있는 기분이 들곤 했다.

하지만 여기에 와 보니 의족을 착용한 사람들이 이렇게나 많앉다.

 우리가 경기장 안에 들어가자 이미 경기는 진행 중이었다. 휠체어를 탄 선수들이 트랙 위를 달리고 있었다. 관중석으로부터 "파이팅! 힘내라!" 하는 응원 소리가 들려왔다. 그쪽을 보자 '전력 질주! 도쿄 서부 패러애슬리트 모임'이라고 쓰여 있는 현수막을 걸고 20~30명 정도가 모여서 소리 높여 응원하고 있었다. 그 외에도 중간중간 모여 앉은 관객들이 보였다. 솔직히 조금은 무시하는 마음도 있었다. 관객도 더 적고 조촐한 대회일 거라고 생각했던 것이다.

 경기장의 분위기는 초등학교 시절 나갔던 시 대회를 떠올리게 했다. 그때는 유키와 함께 참가했었다. 초등학교 친구들도 응원하러 와 주었다. 나와 유키는 바람을 가르며 100미터를 힘껏 달렸다. 유키는 준결승에서 전체 12위, 나는 결승에서 5위에 올랐다.

 그리운 공기가 나를 감쌌다. 그 무렵의 감각이 되살아났다.

 "하야토, 너 육상부를 그만뒀다고 하더라."

 벤치에 앉아서 경기를 보던 아빠가 작은 소리로 말했다.

 "네. 고바야카와 선생님께 들으셨어요?"

 "응."

아빠는 더 이상 아무 말도 하지 않았다. 육상부를 그만둔 것에 실망해서 나무라려는 걸까 생각했지만, 그런 기색은 보이지 않았다.

"아빠."

"응?"

"아빠도 옛날에 동아리 활동 같은 거 하셨어요?"

"아빠는 체육이랑은 거리가 멀었어. 중학교 때도, 고등학교 때도 관현악단에서 트럼펫을 불었지."

"아빠 트럼펫 불 줄 아세요?"

"뭐 그럭저럭. 운동 쪽은 전혀 못했지만 말이야. 네 다리가 빠른 건 엄마를 닮아서 그래."

"그렇군요."

아빠가 트럼펫을 불 수 있다니. 지금까지 전혀 몰랐다. 아빠는 말수가 적다. 내가 옛날엔 어땠다, 이런 자랑도 전혀 하지 않는 타입이다. 오늘도 내가 패러 육상 대회를 보러 간다는 데 따라왔으니 이것저것 하고 싶은 얘기가 많을 텐데, 그것을 입 밖에 내지는 않았다.

"오, 다음은 의족 선수가 달리는 모양이야."

숙연해진 분위기를 바꾸려는 듯이 팸플릿을 가리키며 아빠가 말했다. 나도 모처럼 왔으니 경기에 집중하고 싶어서 아빠가 들고 있던 팸플릿을 옆에서 훑어보았다.

다음은 한쪽만 의족을 착용하는 선수가 달리는 100미터 경기 순서였다.

"아, 저 사람이 야마나카 선수 아니니?"

야마나카 선수는 곤도 아저씨가 의족 조정을 담당하고 있는 패럴림픽 선수다. 아빠가 가리키는 쪽을 보자 까맣게 그을린 피부에 머리를 짧게 깎고 선글라스를 쓴 선수가 있었다. 그는 스포츠용 하퇴의족을 착용하고 트랙 한가운데에 당당히 서 있었다. 하퇴의족이란 나와 마찬가지로 무릎 아래부터 절단한 사람이 착용하는 의족을 말한다.

"야마나카!"

과연 패럴림픽 선수답게 들려오는 성원도 컸다. 그의 이름을 부르는 환호성에 야마나카 선수가 크게 손을 흔들어 보였다.

"On your mark! Set!"

일렬로 늘어선 선수들이 일제히 허리를 들어 올리고 준비 자세를 취했다.

탕! 총성이 울린 순간 야마나카 선수는 스포츠 의족을 앞으로 내딛으며 달리기 시작했다.

발을 구르며 순식간에 속도를 올리더니 다른 선수들보다 큰 보폭으로 트랙을 달리기 시작했다. 크게 구부러진 스포츠용 의지발이 리드미컬하게 튀어 올랐다. 골인 지점 근처의 관중석에 앉아 있던 우리 쪽을 향해 야마나카 선수가 순식간에 다가왔다.

의족으로 저렇게 빨리 달릴 수 있다니.

저게 정말 의족이라고……?

알면서도 믿어지지 않았다.

가슴이 찌릿찌릿하며 뜨거워졌다. 굉장했다.

박력이 있으면서도 유연한 모습이 야생의 영양 같았다.

멋있다, 진짜로.

큰 환호성 소리에 정신이 번쩍 들었다.

야마나카 선수는 압도적인 속력으로 골라인을 통과했다.

골인 지점 앞에 있던 게시판에 12초 22라는 숫자가 나타났다. 나도 모르게 탄성을 내뱉었다. 12초대. 나의, 그러니까 내가 오른 다리를 절단하기 전의 최고 기록보다도 빠르다. 아무리 패럴림픽 선수라고 해도 비장애인 육상부 선수였던 나보다 빠르다니. 이럴 수가.

하지만 실제로 내 눈으로 봤다. 마음에 철퇴가 내리꽂힌 기분이었다.

야마나카 선수는 탄력 있게 튀어 오르듯이 달린다는 느낌이 들었다. 스포츠 의족에는 어쩌면 상상 이상의 위력이 있는 것은 아닐까? 야마나카 선수에게 그것은 무기다. 다리를, 온몸을, 마음까지도 앞을 향해 나아갈 수 있도록 힘을 주는 무기. 큰 박수와 함성이 야마나카 선수를 향해 쏟아졌다. 나는 박수를 치는 것도 잊고, 멍하니 바라보고만 있었다. 의족을 착용하고 있지만, 아무도 호기심 어린 눈으로 그를 보지 않는다. 오히려 모두 동경의 눈길로 그를 보고 있다. 트랙에 서 있는 야마나카 선수는 장애인으로 보이지 않았다. 비장애인보다도 훨씬 빛나고 있었다.

그때 나는 깨달았다.

나야말로 장애인은 비장애인보다 빨리 달릴 수 없다는 편견을 품고 있었다는 것을.

장애인과 비장애인을 분리해서 생각하고 있었던 것은 다른 누구도 아닌 바로 '나'였다.

아무리 노력해도 의족은 진짜 다리에 비할 수 없다. 그렇게 단정 짓고 있었다.

하지만 그거야말로 내가 멋대로 만들어 낸 차별 의식이었던 게 아닐까. 나야말로 장애인을 불쌍한 존재로 여기고 있었던 게 아닐까.

바로 여기에, 비장애인보다 뛰어난 의족 육상 선수가 있다.

내 마음속에서 장애인과 비장애인 사이의 장벽이 무너져 내리는 기분이었다.

***

대회는 날이 저물기 시작할 무렵에 끝났다.

"하야토, 이쪽이야!"

아빠와 함께 경기장 출구로 향하려던 찰나에 곤도 아저씨가 나를 불렀다.

"곤도 아저씨!"

곤도 아저씨의 옆에 야마나카 선수가 있었다.

경기장의 야마나카 선수는 선글라스를 쓰고 있어서 무서워 보였지만, 선글라스를 벗은 야마나카 선수의 눈은 깜짝 놀랄 정도로 다정했다. 달릴 때의 야마나카 선수는 감히 접근하기조차 어려운 강한 위압감을 뿜어내고 있었다. 하지만 지금은 주위의 모든 것을 감싸 안아 줄 것만 같은 부드럽고 온화한 느낌이 들었다. 전혀 다른 분위기에 깜짝 놀랐다.

아까는 키도 그렇게 커 보였는데, 정작 눈앞에 서자 아빠와 그리 다르지 않게 느껴졌다. 170센티 중반 정도일까? 작은 체구는 아니지만 그렇게 거대하지도 않았다.

"야마나카 씨, 이 아이가 내가 얘기했던 하야토예요."

"아, 안녕하세요."

나는 두근거리며 인사를 했다.

"이쪽은 내가 담당하고 있는 패럴림픽 선수 야마나카 도루 씨."

"만나서 반가워. 야마나카라고 해. 잘 부탁한다."

"저, 저야말로 잘 부탁드립니다."

야마나카 선수가 오른손을 내밀었기 때문에 나도 머뭇거리며 손을 내밀었다. 야마나카 선수에게 푹 빠져 있던 참이라 긴장한 나머지 손이 땀으로 축축했다. 방금 전까지 그렇게 멋지게 달리던 선수가 지금 내 눈앞에 있다. 마음이 도무지 진정되지 않았다. 야마나카 선수는 나와 눈을 마주치자 싱긋 웃었다. 해에 그을린 피부 사이로 새하얀 이가 빛났다.

"저, 저기, 그러니까…… 굉장히 멋있었어요!"

지금 말하지 않으면 후회할 것 같아서 큰마음 먹고 입을 열었다. 긴장한 나머지 겨우 그 말을 하는 것이 고작이었지만.

"고마워. 하야토도 육상을 한다면서?"

야마나카 선수에게 생각지도 못한 질문을 받고 심장이 덜컥 내려앉았다. 아마 곤도 아저씨가 이야기한 모양이었다.

"아, 네. 하지만 육상부는 이제 그만뒀어요."

"아, 그래? 어쩌다가?"

방금 전만 해도 웃고 있던 야마나카 선수의 얼굴이 어두워졌다.

"그게, 그러니까……."

뭐라고 설명하면 좋을까? 내가 육상부를 그만둔 이유는 의족이라서다. 의족을 착용하고 있으니까 달릴 수 없을 거라는, 불쌍하게 여기는 눈으로 친구와 후배들이 바라보는 것이 싫었기 때문이다. 말로 표현하자면 이렇게밖에 설명할 도리가 없다. 하지만 의족이라서 그만두었다는 말을 의족으로 이렇게 빨리 달리는 사람 앞에서 할 수는 없었다. 나는 순간적으로 어중간한 이유를 둘러댔다.

"의족을 한 채로 육상부에 있으면 다른 친구들에게 방해가 될까 봐서요……."

"방해라니?"

"의족을 하고서는 다른 친구들이 하는 것과 같은 훈련을 따라갈 수가 없을 것 같았어요."

"아, 그랬구나."

야마나카 선수는 조금 머뭇거리는 듯한 표정을 지었다. 훈련을 따라갈 수 없었다는 이유를 듣고 가망이 없는 녀석이라고 실망했을 것이 분명하다.

'그냥 다른 이유를 댈 걸 그랬나…….'

나의 섣부른 판단이 후회스러웠다.

"다행이다."

그때 야마나카 선수가 안심한 듯이 말했다.

"네?"

"의족을 하게 되면서 달리기가 싫어져서 육상부를 그만뒀나 싶었거든. 그런데 그게 아니라 주위 사람들이 신경 쓰여서 그만뒀다는 거지?"

"아, 네."

"달리는 것은 지금도 좋아한다는 거구나?"

"네."

"싫어졌다면 그건 어쩔 수 없다고 생각해. 하지만 달리는 것은 좋아하는데 주위에 신경이 쓰여서 그만둔 거라면, 환경을 바꿔서 다시 달려 보면 어떨까?"

이런 생각은 미처 하지 못했다. 확실히 나는 주위의 '눈'이 신경 쓰여서 동아리 활동을 그만두었다. 하지만 달리고 싶다는 마음은 지금도 여전하다. 달리기에 대한 열정이 완전히 사라진 것은 아니다.

"환경을 바꾼다고요?"

"그래. 환경을 바꿔서 다시 달리면 돼. 육상부가 아니어도 달릴 수 있으니까. 하야토는 아직 달리기를 하고 싶은 거 아니니? 곤도 씨에게 그렇게 들었는데."

야마나카 선수는 슬쩍 곤도 아저씨 쪽을 보았다.

"아, 미안하다. 내가 쓸데없는 말을 했나?"

곤도 아저씨는 머리를 긁적이며 미안한 얼굴을 했다.

"아니요. 저, 달리고 싶어요. 그러기 위한 첫걸음으로 오늘도 야마나카 선수가 달리는 걸 보러 온 거니까요."

나는 간신히 솔직한 내 마음을 전달할 수 있었다.

"그렇구나. 그래서 내가 달리는 걸 보러 와 준 거구나."

야마나키 선수는 이렇게 중얼거리더니, 내 다리 쪽으로 손을 뻗었다.

"다리를 좀 만져 봐도 될까?"

"네? 다리요?"

"응, 바지 위로도 상관없으니까."

"네, 괜찮아요."

의아해하며 내가 대답하자 야마나카 선수는 허리를 숙여 내 양다리를 만져 보았다. 처음에는 간지러웠지만, 야마나카 선수가 진지한 얼굴로 만지고 있어 웃음소리를 낼 수가 없었다.

"하야토?"

"네?"

"너는 정말 달리는 걸 좋아하는구나."

"네?"

"네 다리를 보니까 알겠어. 성실하게 열심히 연습해 온 사람의 다리니까."

"그걸 알 수 있나요?"

"그럼, 알고말고. 네가 달리기를 좋아한다고 다리가 말해 주는 걸."

나는 어릴 때부터 계속 달리기를 해 왔다. 운동회에서 1등상을 받기 위해서, 대회에서 이기기 위해서, 누구보다도 열심히 연습했다. 야마나카 선수의 말처럼 나는 달리는 것을 굉장히 좋아했다. 나의 다리가 달리고 싶다고 말하고 있는가 보다. 나의 다리는 달리지 않는 것을 아직 허락하지 않았다.

"언젠가 함께 달려 보고 싶구나. 경기에서 맞붙어 보고 싶어."

달리고 싶다.

야마나카 선수의 말에 나는 진심으로 그렇게 생각했다.

"저 사실은 의족을 착용하고부터 동아리 활동도 마음처럼 잘 되지 않아서, 달리기를 포기하고 있었어요. 하지만 오늘 야마나카 선수를 만나고서 깨달았어요. 저는 역시 달리기가 좋아요. 저에겐 그것밖에 없어요."

"그래."

"그러니까 기다려 주세요. 저 반드시 야마나카 선수와 함께 경기에 나갈 수 있는 선수가 될게요. 진짜 열심히 해서 야마나카 선수에게 지지 않는 강한 선수가 될 테니까요."

몇 년 뒤의 일이 될지 알 수 없다. 하지만 나는 그것을 목표로 삼기로 마음먹었다. 더 빨리 달리는 훌륭한 선수가 되어서, 언젠가 야마나카 선수와 나란히 달리고 말겠다고 다짐했다.

"그래, 기다릴게."

야마나카 선수는 다시 하얀 이를 보이며 웃었다. 야마나카 선수는 나보다 10살 정도 연상이려나? 빨리 따라잡지 않으면 은퇴해 버릴지도 모른다. 그러려면 남들보다 몇 배 더 많이 연습해야 한다.

"그럼 나는 이만 가 볼게. 기회가 되면 또 보자. 그럼 다음은 곤도 씨, 부탁드릴게요."

당당한 걸음으로 떠나가는 야마나카 선수의 뒷모습을 나는 동경을 담아 바라보았다. 머리부터 발끝까지 멋있지 않은 부분이 없어서, 나도 저런 사람이 되고 싶다는 마음으로 가득했다.

"아버님, 하야토는 완전히 야마나카 선수의 팬이 되어 버렸나 본데요?"

곤도 아저씨가 아빠에게 말을 걸었다.

"그럴 만도 하네요. 저렇게 멋있는 분이니까요."

아빠와 곤도 아저씨가 주고받는 대화를 들으니 새삼 부끄러워서 얼굴이 빨개졌다. 오늘 처음 만나자마자 이렇게 동경하게 된 것이 이상한 걸까? 하지만 내가 야마나카 선수에게 매료된 것은 사실이다.

"저렇게 되려면 어떻게 해야 할까……."

내가 그렇게 중얼거리자, 곤도 아저씨가 가방에서 전단지를 한 장 꺼내 들었다.

"그렇게 말할 줄 알았지. 자, 이거."

받아 든 전단지에는 '스타트 대시 도쿄'라고 쓰여 있었다.

"스타트 대시 도쿄라는 의족 육상 선수들의 모임이 있단다.

의족 선수들만 모인 육상 동아리 같은 거지. 하야토도 꼭 참가해 줬으면 좋겠구나."

곤도 아저씨의 설명을 듣자 하니 이 모임에는 초등학생부터 중고생까지 의족으로도 달리고 싶어 하는 사람들이 많이 참여하고 있다고 한다. 종종 함께 모여서 훈련을 하는데, 곤도 아저씨도 자주 훈련 장소에 찾아가 의족 조정을 해 주고 있다는 것이었다.

"어때? 다음 모임은 다음 달에 열릴 예정인데."

환하게 웃으며 권하는 곤도 아저씨에게 나는 선뜻 대답했다.

"갈게요! 꼭 가 보고 싶어요."

스스로도 놀랄 정도로 힘찬 목소리가 나왔다.

"그래, 그럴 줄 알았다."

곤도 아저씨가 나를 보며 함박웃음을 지었다.

06
설렘

 장마철이 시작되면서 찌푸린 날씨가 이어졌다. 오늘은 오후부터 비가 내리기 시작했다. 아침에 들은 일기 예보에서는 '흐림, 곳에 따라 비'라고 했는데, 여기서 말한 '곳'이 아무래도 우리 동네였던 모양이다.

 의족은 물에 약하다. 물에 젖으면 금속 부품에 녹이 스니까 꼭 우산을 써야 한다. 하지만 오늘 아침엔 맑았던 터라 괜찮을 줄 알고 집에 접이식 우산을 두고 나와 버렸다.

 수업이 끝나고, 우산을 가져오지 않은 나는 교실 창문으로 비구름을 바라보며 고민하고 있었다. '비가 그치기를 기다릴까', '그냥 비를 맞으면서 집에 갈까' 하는 두 개의 선택지를 두고서다. 비를 맞으며 집에 가는 건 역시 도저히 안 되겠다 싶었다. 교복은 긴바지이기는 하지만, 이 정도 비에는 바지 속까지 젖어서 의족의 금속 부품이 젖어 버릴 것 같았기 때문이다. 특히 비가 옆으로 들이칠 때는 풋커버에 빗물이 고이기도 한다.

'일단 현관에 나가 볼까.'

비가 그칠 기색이 없으니 엄마에게 전화해서 데리러 와 달라고 해야 할지, 또 다른 선택지를 생각하면서 현관으로 향했다.

계단을 내려가다 보니 육상부 친구들의 모습이 보였다.

육상부처럼 평소 외부에서 활동하는 운동 동아리는 비 오는 날에는 체육관 한편이나 복도 같은 곳에서 근력 운동을 한다. 육상부는 1층에서 3층까지의 계단을 달려서 왕복하는 것이 전통이다.

"여어, 하야토!"

선배는 나를 보고 반갑게 먼저 말을 걸었다. 하지만 나는 괜히 거리감이 느껴져 사무적으로 인사만 꾸벅 하고는 얼른 그곳을 지나쳤다. 타이밍이 안 좋았다. 멀리 돌아서라도 다른 쪽 계단으로 내려갈 걸 그랬다고 속으로 후회했다.

"하야토, 안녕."

"안녕."

쇼타와 다케시가 아무렇지 않은 척하며 말을 걸어왔다.

나도 간단히 인사만 건네고는 곁눈으로 유키를 찾았다. 유키는 선배와 이야기를 나누고 있었다. 나를 못 본 척하기 위해서 그러고 있는 건지도 모른다.

학교에서 내 상황은 변함없이 그대로였다.

가까운 친구들은 변함없이 과잉 친절을 베풀고, 친하지 않은 아이들은 호기심의 눈으로 본다. 나에게는 양쪽 다 벽 건너편이라는 점에서는 마찬가지였다.

지금은 학교에서 최대한 눈에 띄지 않게 살아가려 하고 있다. 내가 움직이기만 해도 모두가 괜찮아? 힘들지? 도와줄까? 하며 도움의 손길을 뻗어 오거나, 신기하다는 듯이 바라보기 때문이다. 그런 상황이 싫어서 없는 듯이 지내고 있다.

'괜찮아, 신경 쓰지 마. 괜찮아.'

주문이라도 외우듯이 중얼거리며 현관으로 향했다.

***

2학년 현관으로 가자, 마침 가와무라가 있었다.

"아, 나루세구나. 지금 가는 거야?"

나는 뭐라고 대답해야 할지 몰라 대충 "으응" 하고 대답한 채 서둘러 신발을 갈아 신으려고 했다. 하지만 마음처럼 쉽게 신을 수가 없었다.

"의족은 신발 신을 때 힘들지?"

흥미가 있는지, 가와무라가 말을 걸어왔다. 나는 그 말에 놀랐다. 같은 반 친구들은 처음에는 다들 의족에 흥미를 보이며 이것저것 질문을 했었다. 하지만 지금은 아무도 의족에 대해서 언급하지 않는다. 어느새 건드려서는 안 되는 금기가 되어 버렸다. 그런데도 가와무라는 신경 쓰지 않고 말을 걸어왔다.

"으응, 아무리 지나도 신발 신는 것만은 익숙해지지가 않네."

"그렇구나. 뭐, 아무리 의족 기술이 발달했다고 해도 건측 다리만큼 편해지기는 쉽지 않을 테니까."

건측 다리란 장애가 없는 쪽의 다리를 뜻하는 말로, 의족에 대응되는 단어로 사용된다. 일상생활에서는 쓰이지 않는 단어라서 의족에 대해 모르는 사람은 알기 힘들다. 그런데 가와무라가 어떻게 그걸 아는지 의아했다.

간신히 신발을 신은 내가 밖으로 나서자, 가와무라도 따라서 나왔다.

하늘을 올려다보자 역시 비가 세차게 쏟아지고 있었다. 하늘은 아직도 시커메서 그칠 것 같지 않았다. 엄마에게 전화해서 데리러 와 달라고 하는 수밖에 없겠다고 생각할 때였다.

"어머, 혹시 우산 안 가지고 왔어?"

가와무라가 걱정스럽게 내 쪽을 보았다.

"응?"

"하늘을 쳐다보면서 고민하는 것 같아 보여서."

"아침에는 맑아서 필요 없을 줄 알았거든."

"그럼 같이 쓰고 가자."

"아니, 괜찮은데……."

"괜찮아, 뭘 사양하고 그래. 마침 집도 같은 방향이잖아."

이제 와서 엄마에게 전화를 걸어도 데리러 와 준다는 보장은 없었다. 지금이면 파트타임 일이 끝나서 집에 있을 시간이긴 하지만, 장을 보러 갈 때도 있다. 그렇다면 가와무라와 함께 가는 편이 낫겠지?

"그럼 좀 부탁해도 될까?"

그렇게 나는 가와무라와 우산을 같이 쓰고 집으로 향하게 되었다. 여성용 우산이라서 살짝 작았지만, 그래도 고마웠다. 이거라도 해야지 싶어서 내가 우산을 들려고 했지만 가와무라는 "무슨 일이라도 있을 때 한 손을 못 쓰면 위험하잖아"라며 만류했다. 맞는 말이다. 비 오는 날은 의족 사용자에게 위험하니까, 손이 자유로운 편이 좋다.

가와무라의 친절은 어딘지 모르게 지극히 자연스러워서 다른 친구들이 조심스럽게 나를 대할 때와는 다른 분위기가 느껴졌다.

"나 말이야, 전부터 나루세하고 얘기를 좀 하고 싶었어."

"어? 왜?"

"혹시 싫으면 말해 줘. 의족에 대해서 물어보고 싶어서."

싫지 않았다.

"괜찮아. 물어봐."

내가 그렇게 대답하자 가와무라는 안심했다는 듯이 웃었다.

그 웃음을 본 순간, 가와무라에게라면 의족에 대해서 편하게 얘기해도 괜찮겠다는 생각이 들었다. 그저 호기심으로 다가오는 것 같지는 않았기 때문이다.

"정말? 다행이다. 그럼, 의족을 하고 있으면 어떤 점이 제일 힘들어?"

"음, 예를 들면 아까 가와무라도 봤겠지만 신발을 신고 벗고 하기가 힘들어. 섬세한 움직임이 불가능하니까, 발을 신발 안쪽까지 집어넣을 수가 없거든. 그래서 시간이 오래 걸려."

"아, 그렇구나."

"신발 신는 건 다들 고생하는 것 같더라고."

"그렇구나. 그러고 보니 슬리퍼도 못 신는다고 들었는데."

"어떻게 알았어? 그런데 이유가 좀 달라. 슬리퍼는 신는 건 금방 할 수 있지만 걸으려고 하면 발 부분이 미끄러져서 앞으로 날아가 버리거든."

"역시 그렇구나. 주인공이 의족을 사용하는 걸로 나오는 소설에서 읽은 적이 있어. 슬리퍼가 날아가는 장면."

"아, 정말?"

"그 외에 힘든 건 없어?"

"또 다른 건 물을 싫어하게 된 거? 수영장도 못 가고."

"의족으로는 수영장에 못 들어가는구나."

"응. 의족은 물에 약하니까."

"아, 그래? 비는 괜찮아?"

"안 괜찮지. 방금 전에도 비 맞으면서 집에 가면 안 될 텐데 하고 걱정하던 참이었어. 가와무라를 만나서 천만다행이야. 우산 씌워 준 덕분에 살았어."

오랜만에 같은 반 친구와 대화다운 대화를 나누고 있다.

자연스러운 친구 사이의 대화를.

'이런 느낌, 진짜 오랜만이다.'

화제는 의족에 대한 것이었지만, 그래도 좋았다. 게다가 의족 이야기를 해도 기분이 나쁘지 않았다. 가와무라의 분위기 때문일까. 어쩌면 야마나카 선수의 달리기를 봤기 때문일지도 모른다.

야마나카 선수를 보고 나서 조금씩 의족이 좋아지기 시작했다. 의족을 나만의 개성으로 만들고 싶다는 생각이 들었다. 개성을 보여 주는 것이라고 생각하니 의족에 대해서 이야기하는 기회가 반갑기까지 했다.

오랜만에 즐거운 기분으로 길을 걸었다. 그때, 차 한 대가 우리 바로 옆을 지나가며 물웅덩이를 밟았다.

"으악!"

물벼락을 피하려고 하다가 나는 하마터면 균형을 잃을 뻔했다.

그런 나를 가와무라가 붙잡아 줘서 간신히 넘어지지 않을 수 있었다. 하지만 가와무라가 나를 끌어안은 듯한 자세가 되고 말았다.

"앗, 고마워."

가와무라의 얼굴이 눈앞에 있었다.

"다리 괜찮아? 물에 젖으면 안 된다며?"

"아, 응."

나는 당황해서 가와무라에게서 떨어져 자세를 바로잡았다.

갑자기 이렇게 가까이 접촉하게 되었는데도 가와무라는 아무렇지도 않게 생각하는 것 같았다.

하지만 나는 마음이 복잡해졌다. 제대로 된 대화를 못 하며 지내다가 여자아이와 이렇게 가까운 거리에서 마주하게 되니 가슴이 두근거렸다. 최근에는 여자는 물론이고 남자와도 거의 대화를 나눌 일이 없었으니 그럴 만도 하다. 그런 상황에서 여자에게 면역이 되어 있을 리 없었다.

"괜찮아? 안쪽으로 들어와야지, 그러면 젖어."

내가 속으로 비명을 지르는 것도 모르고 가와무라는 이렇게 말했다. 이상하게 긴장이 되어서 가와무라에게서 떨어졌더니 어느새 어깨가 우산에서 벗어나 비에 젖고 있었다.

"아, 미안."

나는 서둘러 우산 속으로 다시 들어갔다. 가와무라와의 거리가 가까워졌다.

"모처럼 내가 지켜 줬는데 젖어 버리면 소용이 없잖아."

뭘까 이건, 대체 이 느낌은 뭘까.

가와무라와 이야기를 하는 동안 계속 두근거림이 멈추지 않았다. 하지만 가와무라는 그런 나를 눈치채지 못했는지 속도 모르고 계속 말을 걸었다.

"저기, 의족을 한번 만져 볼 수 있을까?"

"어? 그래, 괜찮아."

가와무라가 나에게 우산을 건넸다. 내가 멈춰 서자 가와무라가 몸을 숙이고 내 의족을 만졌다.

"앗!"

가와무라가 만지고 있는 것은 의족일 뿐이다. 그런데도 내 다리를 만지는 것 같은 기분이 들었다.

"와, 딱딱하구나."

가와무라가 몸을 숙인 채로 내 쪽을 올려다볼 때, 내 안에서 참을 수 없는 감정이 치밀어 올랐다.

가와무라의 집과 우리 집으로 가는 길이 갈라지는 후지미다이(富士見台) 공원이 이미 코앞이다. 이 정도라면 젖어도 괜찮겠지.

어쨌든, 이제 안 되겠다.

"우리 집 바로 저기니까 이제 괜찮아. 고마워. 덕분에 살았어."

"집 앞까지 데려다줄게."

"괜찮아, 다 왔는데 뭐."

그렇게 말하고 나는 우산에서 뛰쳐나갔다.

넘어지지 않도록 조심하면서 서둘러 발걸음을 옮겼다. 최근에는 일상용 의족으로도 꽤 빨리 걸을 수 있게 되었다.

"조심해서 가!"

뒤에서 가와무라의 목소리가 들려왔다. 나는 돌아보지 않은 채 손만 들어 답했다.

07
전진

1학기의 마지막 날이다. 강당에서 종업식을 마치고 교실로 돌아왔다. 그 후 선생님이 들어오셔서 항상 듣는 여름 방학의 각종 주의 사항을 다시 말씀하시고, 드디어 우리는 해방되었다.

우리는 지금 중학교 2학년. 내년 여름 방학은 고등학교 입학을 앞두고 학원이나 과외 등으로 바빠질 테니까, 마음껏 놀 수 있는 여름 방학은 올해가 마지막일지도 모른다. 그래서인지 교실 안은 유난히 들뜬 분위기에, 여기저기서 여름 방학 이야기로 떠들썩했다.

학교에 스마트폰을 가져오는 것은 원칙상 금지되어 있지만, 다들 몰래 가져오곤 한다. 지금은 선생님도 안 계시니 다들 스마트폰을 꺼내서 같이 여름 방학 일정을 짜거나 SNS 계정을 주고받는 모습이 보였다.

  나는 자리에 혼자 앉아 있었다. 아무도 내 자리로 와서 여름 방학 계획을 묻지 않았다. SNS 계정을 물어보는 아이도 없었다. 유키 쪽을 슬쩍 봤더니 옆자리의 오쿠무라, 사와다와 함께 스마트폰을 보면서 뭔가를 이야기하고 있었다. 거기에 껴 볼까 하는 생각도 잠시 했지만, 결국 나는 자리에서 일어나지 않았다.

"우리 여름 방학에 같이 놀러 가지 않을래?" 하고 내가 물었다.

  유키와 친구들은 어떡하지 하고 순간적으로 눈치를 살폈다. 서로 눈빛을 주고받더니, 유키가 대답했다.

"그래, 그러자. 불꽃놀이 보러 가자는 얘기를 하고 있었는데."

  오쿠무라가 말을 이었다.

"그래, 나루세도 같이 가자."

"그래도 돼?"

  성격 좋은 오쿠무라가 "물론이지!" 하고 고개를 끄덕였다. 그때 사와다가 오쿠무라의 팔을 툭툭 쳤다.

"아, 그런데 말이야, 불꽃놀이 보러 가기 전에 수영장에도 가기로 했는데……."

미안하다는 듯이 오쿠무라가 말끝을 흐렸다.

의족은 물과는 상극이다.

의족을 착용한 채로는 수영장에 들어갈 수 없고, 의족 없이 풀장에 들어간다 해도 계속 한쪽 다리로 서서 이동해야 한다. 그러면 사람들이 쳐다볼 테고, 무엇보다 힘들 것이다. 한쪽 다리로 콩콩 뛰어서 수영장을 오가다가는 넘어질 가능성도 높다. 그래서 나는 체육 수업 때도 수영 시간은 전부 견학으로 대체하고 있다. 반 친구들은 그걸 아니까 미안하다는 얼굴을 했다.

또다. 그럴 생각은 아니었는데 신경 쓰이게 만들어 버렸다.

……유키 쪽으로 가서 말을 걸면 분명 이런 전개가 되어 버리겠지.

거부하는 것은 아니지만, 받아들여 주지도 않는 이상한 분위기. 그렇게 되는 것이 싫어서 나는 결국 일어나지 않았다.

'나한테는 아무도 연락처를 묻지 않네.'

외롭다. 그 순간, 머릿속에 가와무라가 떠올랐다. 찾아봤더니 창가 끝자리에 앉은 가와무라는 혼자서 창밖을 보고 있었다. 비가 오던 그날, 함께 집에 갔던 날부터 가와무라와는 종종 이야기를 주고받게 되었다. 지금 내가 의족을 하게 되기 전과 다름없이 대화를 할 수 있는 사람은 중학교 전체에서 가와무라 한 사람뿐인지도 모르겠다.

"저기, 가와무라······."

나도 모르게 나는 가와무라 자리에 다가갔다.

"가와무라, 스마트폰 가지고 있어?"

"가지고 있을 리가 없잖아. 학교에 가져오는 건 금지니까."

모범생인 가와무라는 당연하다는 얼굴로 대답했다.

"아, 그렇지."

나는 당황해서 스마트폰을 주머니에서 꺼내려다 도로 집어넣었다.

"그래도 있기는 있는 거지?"

"응, 집에 두고 왔지만."

"메신저 쓰는 거 있어?"

"응."

"아이디 가르쳐 주지 않을래?"

"어?"

가와무라는 내가 그런 걸 물어보리라고는 생각지도 못한 듯, 놀란 얼굴을 했다.

"아니, 특별히 이유가 있어서가 아니라, 집도 가깝고 하니까……."

순간적으로 변명을 늘어놓는 나를 보고 가와무라가 소리 내어 웃었다.

"굳이 이유가 뭐가 필요해. 우리 친구잖아."

가와무라는 그렇게 말하면서 플래너 귀퉁이를 찢어서 아이디를 적고, 나에게 건넸다.

"고마워. 무슨 일 있으면 연락할게."

"응."

가와무라가 미소를 지었다. 나는 솔직히 기분이 좋았다.

하지만 신경 쓰이는 일도 생겼다. 가와무라의 플래너에 '재활 훈련'이라고 쓰여 있는 것이 보였기 때문이다.

무슨 일일까? 재활 훈련이라니, 의족을 쓰는 나에게는 익숙한 단어지만 건강해 보이는 가와무라와는 전혀 관계없는 단어일 텐데. 설마 가와무라도 어딜 다치기라도 한 걸까?

신경이 쓰였지만, 물어볼 용기는 없었다.

***

곤도 아저씨가 알려 준 '스타트 대시 도쿄'의 연습 모임 장소는 집에서 전철을 타고 30분 정도 거리에 있는 체육공원이었다. 안으로 들어가자 의족을 착용한 선수들 몇 명이 워밍업을 시작하려던 참이었다. 모두 서로 아는 사이인 모양이다. 이야기를 나누기도 하고, 함께 스트레칭을 하기도 했다. 말을 걸기는 망설여져서, 나는 사람들로부터 조금 떨어진 곳에 짐을 내려놓았다. 사람들을 곁눈으로 살피면서, 한쪽 구석에서 반바지 위에 입고 있던 청바지를 벗고 운동복으로 갈아입었다.

연습 시작 시간인 12시 반까지는 아직 조금 여유가 있다. 마땅히 할 일이 없어서 트랙에 들어가 보았다. 간토 패러 육상 대회 때 경기장에 가기는 했지만, 그때는 관중석에만 앉아 있어서 트랙 위에 서는 것은 의족을 하고 나서 오늘이 처음이다.

흰 선이 그어진 벽돌색 트랙을 힘껏 밟았다.

'그리웠어……'

트랙에 서 있기만 해도 가슴이 벅차오르는 느낌이다. 심장이 뛰면서 조금 긴장이 된다. 경기에 임할 때의 감각을 몸이 기억하고 있는 걸까.

"하야토! 왔구나."

나를 부르는 목소리에 뒤를 돌아보자 곤도 아저씨가 땀을 닦으며 이쪽으로 다가왔다.

"아, 곤도 아저씨!"

생각지 않게 큰 소리를 내버렸다. 평소보다 흥분해 있다는 게 스스로도 느껴졌다.

"하하, 얼굴이 좋아 보이네. 표정이 제법 밝아졌어."

내 얼굴을 본 곤도 아저씨가 웃었다.

"아, 그런가요?"

"가의족을 만들었을 무렵에는 아직 얼굴이 굳어 있었거든. 하지만 지금은 제법 부드러워졌어."

"부드러워졌다고요?"

"오늘 달리는 것이 꽤 기대가 되었던 모양이지? 사람은 긍정적인 생각을 하면 표정이 바뀌는 법이거든."

곤도 아저씨의 말에 안심이 되었다. 다리를 절단한 뒤부터 계속 제자리걸음만 하고 있는 기분이었다. 하지만 오늘 드디어 앞으로 나아갈 수 있을지도 모른다.

"곤도 씨!"

자신을 부르는 소리에 곤도 아저씨가 뒤를 돌아보았다. 거기에는 머리를 하나로 묶고 그을린 피부가 건강해 보이는 30대 후반 정도의 여성이 서 있었다.

"레이카 씨, 안녕하세요."

레이카 씨라고 불린 여성은 왼쪽 다리가 대퇴의족이었다. 대퇴의족이란 무릎보다 위쪽을 절단한 사람이 착용하는 의족으로, 무릎 관절 역할을 하는 부품이 달려 있다. 그만큼 대퇴의족이 내가 착용하는 하퇴의족보다 더 다루기 어렵다. 그렇지만 성큼성큼 다가오는 레이카 씨의 걸음걸이에는 전혀 위화감이 없어서 의족을 완전히 몸의 일부처럼 다루고 있는 듯이 보였다. 분명 몇 년에 걸쳐 익숙해진 결과겠지.

"이 아이가 그때 이야기한 그 아이인가요?"

레이카 씨는 흥미롭게 나를 바라보았다.

"네, 이 아이가 나루세 하야토예요. 의족으로 달리고 싶다고 얘기하더군요."

레이카 씨는 나의 전신을 천천히 뜯어보더니 오른손을 내밀었다.

"나는 시라이시 레이카라고 해. 스타트 대시 도쿄를 운영하는 스태프야. 만나서 반가워."

"아, 네. 저는 나루세 하야토라고 합니다. 잘 부탁드립니다."

"레이카라고 부르렴. 이름으로 부르는 게 친근감이 들잖아."

악수를 하면서 잡은 레이카 씨의 손에서는 강한 힘과 자신감이 느껴졌다. 나같이 나약한 인간과는 살아가는 세계가 다를 것만 같았다. 듣기로는 레이카 씨는 지금은 은퇴했지만 패럴림픽 대회까지 나간 적이 있는 선수라고 한다. 저렇게 자신만만한 기운을 뿜어내는 것도 당연하다고 나도 모르게 납득하게 되었다.

"그럼 지금 바로 달려 볼까?"

당연하다는 듯이 레이카 씨가 말했다.

"아니, 저기, 지금 일상용 의족을 하고 있어서……."

육상부에서 있었던 일이 떠올랐다. 지금은 제법 빨리 움직일 수 있게 되었지만, 일상용 의족으로 전력 질주하기는 무서웠다.

"스포츠 의족을 빌릴 수 있거든. 이번 기회에 써 보렴."

레이카 씨의 말에 심장이 크게 뛰었다.

"그래도 되나요?"

"물론이지! 달리려고 모였는데 당연히 해 봐야 하지 않겠어?"

나는 크게 고개를 끄덕였다.

"좋아! 그럼 곤도 씨, 스포츠 의족을 좀 준비해 주시겠어요?"

레이카 씨는 바로 대여용 스포츠 의족을 준비해 달라고 곤도 아저씨에게 부탁했다.

"그럴 줄 알고 준비해 뒀죠."

곤도 아저씨가 씩 웃었다.

다 함께 준비 운동을 한 뒤, 곤도 아저씨가 가져온 스포츠 의족 몇 가지 중에서 내 키와 몸무게에 맞을 것 같은 것을 골라서 일상용 의족의 튜브를 떼어 내고 거기에 낫처럼 구부러진 스포츠용 의지발을 장착해 주었다.

"너에게 맞춰서 조정한 것이 아니니까 딱 맞지는 않겠지만, 스포츠 의족이 어떤 느낌인지는 알 수 있을 거야."

"네."

"스포츠 의족 중에서 이렇게 생긴 걸 C형이라고 해."

"C형이요? ABCD의 C요?"

"응. 형태가 알파벳의 C와 비슷하지? 그래서 C형이라고 하는 거야. 이외에도 J형이라는 것도 있어. 하지만 C형이 수직 방향의 충격을 완화시켜 주니까 초심자도 사용하기 쉽지."

곤도 아저씨는 이렇게 설명해 주었다.

"자, 서 보렴."

나는 스포츠 의족을 착용하고 일어섰다.

잠시 빌린 스포츠 의족. 그래도 나에게는 소중한 다리다.

'그런데 생각보다 휘청거리네……'

처음으로 스포츠 의족을 착용한 나는 균형을 잡느라 필사적이었다. 스포츠용 의지발은 둥글게 구부러진 모양이라서 스프링처럼 탄성이 있다. 힘을 주면 그만큼 튀어 오르기 때문에 보통 의족처럼 체중을 실어서 똑바로 서는 것이 불가능했다. 가만히 있어도 몸이 위아래로 움직여서 계속 휘청거렸다. 게다가 스포츠용 의지발은 일상용과는 달리 뒤꿈치가 없어서, 평소처럼 몸을 일으키면 뒤로 넘어갈 것 같은 느낌이 들었다.

"아차차……."

건측 다리에 체중을 실어 일어서는 것이 고작이었다. 그러지 않으면 넘어질 것 같았다.

"금방 익숙해질 거야."

레이카 씨가 웃으며 이렇게 말해 주었다. 분명 레이카 씨는 나 같은 아이를 수없이 봐 왔을 것이다.

"넘어지면 큰일 나니까, 우선 트랙 주위를 걸으면서 연습을 좀 해 봐. 그 뒤에 달려 보자."

"네? 이렇게 바로 달린다고요?"

"당연하지! 달리려고 그걸 착용한 건데."

이제 곧 달린다고 생각하자 바짝 긴장되었다. 그런 한편 의욕도 샘솟았다.

나는 레이카 씨의 말대로 익숙해지기까지 트랙 바깥쪽을 걸었다. 스포츠 의족은 보통 의족과는 반발력이 달랐다. 체중을 실으면 일단 움츠러들었다가, 다시 반발해서 튀어 올랐다. 마치

트램펄린 위에서 뛰는 것 같은 느낌이다. 그래서 적절하게 조절해서 힘을 주지 않으면 다리가 생각지도 못한 방향으로 튀어 나가게 된다. 지면을 밟았을 때 돌아오는 반발력과 감각이 건측 다리인 왼쪽 다리와 다르기 때문에 좌우의 균형을 잡기도 어려웠다. 하지만 이 반발력을 이용하면 빨리 달릴 수 있겠다는 걸 처음인 나도 어렵지 않게 상상할 수 있었다.

한참 걸어서 좀 익숙해지고 나서는 가볍게 달려 보았다. 스포츠 의족은 체중을 실을 때마다 유연하게 구부러져서 일상용 의족과는 비교도 되지 않게 쉽게 속력을 올릴 수 있었다. 처음에는 무서웠지만, 점점 기분이 좋아져서 천천히 달리는 데 그치지 않고 발을 구르며 뜀뛰기를 했다. 물론 아직 익숙하지 않아서 여러 번 넘어질 뻔했지만, 그래도 그저 좋아서 몇 번이고 뛰고 또 뛰었다.

내 모습을 지켜보던 레이카 씨가 "트랙을 달려 볼까?" 하고 말을 걸어왔다.

"지금 한 것처럼 살살 달려도 되니까, 저 콘까지 가 보자."

트랙을 달리는 것은 오랜만이다. 콘은 30미터 정도 앞에 놓여 있었다.

"자, 간다! 준비, 출발!"

레이카 씨의 호령에 맞춰 출발했다. 나는 서투르게나마 튀어오른다는 느낌으로 달렸다. 옆 레인에서 레이카 씨가 나란히 달리면서 말을 걸어 주었다.

"좋아, 좋아. 이대로 리듬을 살려서!"

간신히 30미터를 끝까지 달렸다. 숨이 차올랐다. 오른쪽 엉덩이 주위부터 허벅지 안쪽 근육이 제법 당기는 느낌이 들었다. 내일은 근육통으로 끙끙 앓을지도 모르겠다. 하지만 이 피로감과 통증은 다리를 절단한 이래 느껴 보지 못한 것이라서, 나에게는 흔쾌하기만 했다. 그 뒤로도 나는 열 번 정도 가벼운 달리기를 반복했다.

중간에 한 번 쉬고 3시가 되었을 무렵, 레이카 씨가 기록을 한번 재 보자고 했다.

나는 그 말에 따라 스타트 라인에 섰다.

"아무리 전에 육상 선수였다고 해도 갑자기 100미터는 무리니까, 우선 50미터를 달려 보자. 시간을 재 볼게."

50미터나 달릴 수 있을지 걱정되었지만, 레이카 씨의 자신감 넘치는 목소리를 들으니 어쩐지 나도 할 수 있겠다는 생각이 들었다.

나는 스타트 라인에 서서 50미터 앞에 그어진 흰 선을 응시했다. 긴장감이 몰려왔다. 곤도 아저씨가 코스 옆에 서서 내가 달리는 모습을 지켜보고 있었다. 스타트 대시 도쿄의 멤버들도 오늘 처음 나온 내가 어떻게 달리는지 흥미를 보이며 다가왔다.

"제자리에!"

스포츠 의족으로는 크라우칭 스타트 자세를 취하지 못할 것 같아서 스탠딩 스타트(standing start)* 자세를 취했다.

"준비!"

레이카 씨의 호령에 두 다리에 힘을 주고 자세를 잡았다.

"삑!"

날카로운 호루라기 소리와 동시에 달리기 시작했다.

다리가 마법처럼 튀어 올라왔다.

지면을 박찰 때마다 스포츠 의족이 땅바닥을 밀어내며 다리가 앞으로 튀어 나갔다.

바람이 내 양옆을 스쳐 지나가는 것이 느껴졌다.

주위에 있던 사람들이 사라졌다.

레이카 씨도, 곤도 아저씨도, 스타트 대시 도쿄 멤버들도 보

---

* 육상의 중·장거리 육상 경기에서 주로 사용하는 출발 방법으로, 선 채로 한 발은 출발선 바로 뒤에, 다른 한 발은 두세 걸음 뒤에 두고 상체를 앞으로 기울인 자세에서 출발한다.

이지 않게 되었다.

오랜만에 느끼는 나 혼자만의 세계였다.

나는 힘차게 50미터 라인을 통과했다.

"13초 37!"

스톱워치를 들고 시간을 재던 스타트 대시 도쿄 멤버의 목소리가 들렸다. 기록은 어처구니 없이 늦었다. 자세도 뒤쪽으로 너무 기울어져서 분명 엉망이었을 것이다. 하지만 그보다 달릴 수 있다는 것, 50미터를 끝까지 달렸다는 것이 세상 그 무엇보다 기뻤다.

짝짝짝 박수 소리가 들려왔다. 스타트 대시 도쿄의 멤버들이 나의 첫 달리기를 축하해 주었다. 분명 저들 모두가 지나온 길일 것이다. 그 중에서도 유독 큰 박수 소리가 들렸다. 호흡을 가다듬으며 얼굴을 들자 거기에는 나의 재활 훈련을 담당했던 물리 치료사 도쿠다 선생님의 모습이 보였다.

"어라, 도쿠다 선생님? 왜 여기 계세요?"

놀란 나에게 도쿠다 선생님은 웃으며 말했다.

"가끔 여기 연습 모임에 참석하거든. 의족을 사용하는 사람들이 달리는 모습을 보면 물리 치료사로서 참고가 되지 않을까 싶어서 말이야."

"아, 그러시군요."

"하지만 오늘 하야토가 달리는 모습을 볼 수 있을 줄은 몰랐구나."

"곤도 아저씨가 이 모임을 알려 주셔서 와 봤어요. 의족을 쓰게 된 후로는 오늘이 처음으로 제대로 달린 거예요."

"응, 잘 달리더라."

"하지만 의족에 체중도 실리지 않았고, 자세도 엉망진창이고……."

"어떻게 달리는지는 상관없어. 그건 노력해서 고칠 수 있는 거니까. 하지만 의족으로 달리기를 시작하는 건 용기가 없으면 불가능한 일이거든. 그러니까 네가 오늘 의족을 착용하고 달렸다는 것은 굉장히 자랑스러운 일이야."

"자랑스럽다고요?"

"그래. 의족을 쓰게 되면서 달리기뿐만 아니라 스포츠 자체를 그만두는 사람도 진짜 많거든. 그런데 하야토는 용기를 갖고 다시 달렸잖니. 진짜 멋있었다."

태양을 등진 도쿠다 선생님의 얼굴이 눈부셨다.

그 말을 듣자 내가 의족으로 달릴 수 있었다는 것이 새삼 감격스러웠다. 내 오른 다리를 쳐다보았다. 내 몸에 달려 있던 오른 다리는 이미 없다. 잘라 낸 다리는 화장장에서 재가 되어 버렸다. 과연 그 다리도 내가 오늘 의족으로 달린 것을 기쁘게 생각할까? 이제 간신히 한을 풀고 떠날 수 있겠다고 생각하지 않을까?

스타트 지점에 있던 레이카 씨와 곤도 아저씨가 어느새 우리 옆에 와 있었다.

"하야토, 잘했어!"

"진짜 잘 달리던데!"

모두가 나를 따뜻하게 지켜봐 주었다. 내가 조금은 앞으로 나아갔다는 것을 이제야 실감했다.

***

연습 모임이 끝나서 역까지 돌아가는 길에 나는 석양 속을 도쿠다 선생님과 이야기를 나누며 걸었다. 도쿠다 선생님과 만난 것은 퇴원 이후 처음이라 꽤 오랜만이었다.

"하야토가 처음 의족으로 걷던 날이 생생하게 기억나는데, 벌써 50미터나 달릴 수 있게 되었다니, 감개무량하구나."

"도쿠다 선생님도 그렇고, 다들 도와주신 덕분이에요."

"하하, 우리가 하는 일은 별거 아니야. 대부분은 환자가 스스로 해내는 거지. 하야토는 육상부에서 훈련을 많이 했으니까 금방 빨리 달릴 수 있을 거야."

"아니에요, 그렇게 치켜세우지 마세요."

도쿠다 선생님의 재활 훈련 방식은 언제나 이랬다. 환자를 칭찬해서 의욕을 북돋워 주신다. 도쿠다 선생님이 항상 사용하는 방식이라는 것을 알면서도, 칭찬을 받으면 역시 기분이 좋다.

"그런데 하야토가 아즈미노 중학교에 다니지?"

갑자기 도쿠다 선생님이 화제를 바꿨다.

"네, 맞아요."

"그럼 혹시 가와무라 사키라고 아니?"

"네?"

도쿠다 선생님의 말에 심장이 거세게 쿵쿵 뛰었다. 어째서 도쿠다 선생님이 가와무라를 알고 있는 걸까. 설마 내가 가와무라와 메신저 아이디를 주고받은 것이 어쩌다 알려졌을까? 아니, 말도 안 돼. 그럼 어떻게?

"아, 알긴 아는데요, 도쿠다 선생님이 어떻게 가와무라를······."

"실은 말이야, 지금 사키의 남동생이 내 환자로 와 있거든. 사키가 아즈미노 중학교 2학년이라고 하길래, 하야토라면 알

것 같아서."

"네? 가와무라의 동생이요?"

"응, 개인 정보니까 자세히 얘기할 수는 없지만, 사키의 동생이 의족을 하게 돼서, 내가 그 재활 훈련을 맡고 있단다. 사키가 자주 동생과 함께 오는데, 항상 걱정스러워 보여 내가 신경이 좀 쓰여서 말이야."

모든 수수께끼가 풀렸다.

가와무라가 내 의족에 흥미를 보인 것도, 플래너에 재활 훈련이라고 쓰여 있었던 것도, 그래서였구나. 동생이 의족을 하게 되었기 때문이다. 가와무라는 나에게 관심이 있어서 말을 건 것이 아니라, 의족에 대해서 물어보고 싶었을 뿐이었다.

피시식 김빠지는 기분이 드는 게 스스로도 느껴졌다.

나 혼자 의식해서 난리 치고, 정말 바보 같다. 어, 하지만 이렇게 실망하는 걸 보면, 설마 내가 가와무라를 좋아하는 걸까? 그냥 친구였다면 나에게 관심이 없다는 걸 알았다고 이렇게 충격을 받지는 않을 텐데.

"사키의 동생이 의족 재활 훈련에 별로 열의가 없어서 사키도 걱정이 많은 것 같더라. 동생 생각이 지극하거든. 학교에서는 어떠니? 활기차게 잘 지내니?"

"아, 네. 학교에서는 그냥 평범해요……."

가와무라의 이야기는 거기서 끝났다. 그 뒤로도 도쿠다 선생님은 의족에 대해서 여러 가지 이야기를 해 주었지만, 머릿속에 잘 들어오지 않았다. 내가 가와무라를 의식하고 있다는 걸 깨닫고 나자 마음이 복잡하기 짝이 없었다.

***

여름 방학이 시작된 뒤 몇 번을 가와무라에게 메시지를 보내려다 말았다.

―영어 숙제는 했어?

―가와무라는 고교 야구 좋아해?

―신카이 감독* 좋아해? 영화 티켓이 생겼는데.

모처럼 아이디도 알게 됐으니까 빨리 한 번 메시지를 보내는 게 좋을 텐데. 그렇게 생각은 하면서도 어색하게만 느껴져서 쓰고 지우기를 반복했다.

고심한 끝에 결국 나는 이런 메시지를 보냈다.

---

* 〈너의 이름은〉, 〈초속 5센티미터〉 등으로 유명한 일본의 애니메이션 감독.

―물리 치료사 도쿠다 선생님에게 동생 얘기를 들었어. 혹시 내가 도와줄 일이 있으면 말해 줘.

친구의 동생이 나처럼 의족을 하게 되었다니 이 정도 말은 해도 되겠지? 어디까지나 친구로서 연락을 한 것뿐이라고 마음속으로 변명을 하면서 메시지를 보내고는 침대에 누워 좋아하는 유튜버의 게임 방송을 봤다. 하지만 그러면서도 가와무라에 대한 생각이 머릿속에서 떠나지 않았다. 누가 보고 있는 것도 아닌데 짐짓 답장에 관심 없는 척하면서, 실은 언제 답장이 올까 하고 스마트폰에서 눈을 떼지 못했다.

얼마나 지났을까, 보고 있던 유튜브 영상 위로 가와무라 사키로부터 메시지가 도착했다는 알림이 떴다.

침대에서 벌떡 일어나 앉으며 메시지를 열어 보자 「고마워. 동생 일로 하고 싶은 얘기가 있어.」라고만 쓰여 있었다.

나는 곧바로 「물론 괜찮아. 나랑 이야기해서 도움이 된다면 얼마든지.」라고 답장을 보냈다.

***

가와무라는 남동생의 재활 훈련에 같이 갔다 온다고 해서,

집에 돌아가는 길에 역 앞의 카페에서 만나기로 했다.

"웬일로 그렇게 옷을 고르니? 데이트라도 있어?"

엄마는 예리하게 내가 어딘지 모르게 들떠 있는 것을 눈치채고는 짓궂게 놀리려 들었다.

"데이트는 무슨. 그냥 친구 만나서 같이 숙제하고 온다니까요."

퉁명스레 내뱉고는 집을 나섰다.

솔직히 무슨 옷을 입을지 고민하기는 했다. 하지만 패션의 문제라기보다는 긴바지를 입을까 말까 망설였기 때문이다. 사실 이렇게 더운 날에는 반바지를 입고 싶었다. 하지만 의족이 겉으로 보이면 사람이 많은 역 앞에서는 분명 힐끔거리는 사람도 많을 테고, 의족을 보는 시선 때문에 가와무라도 불편한 기분이 들 수 있겠다 싶었다. 그래서 한 번 입었던 반바지를 벗고 긴바지로 갈아입었던 것이다. 긴바지를 입으면 의족인지 전혀 티가 나지 않는다. 특히 나 같은 하퇴의족은 걷는 모습도 정상인과 다르지 않기 때문에 다리만 보이지 않으면 대부분의 사람들은 눈치채지 못한다.

만나기로 약속한 카페 앞에서 유리에 비친 내 모습을 보았다. 응, 사람들 틈에 눈에 띄지 않게 섞여 드는 데 성공했다. 이 정도면 가와무라가 불편해할 일은 없겠지.

"나루세!"

목소리가 들린 쪽을 돌아보자 가와무라가 새하얀 원피스를 입고 달려왔다.

"더 빨리 오는 버스를 타려고 했는데, 놓치는 바람에……."

가와무라는 이마에 땀을 흘리며 숨을 헐떡였다.

"그렇게 서두르지 않아도 되는데."

"아니야. 나루세가 소중한 여름 방학 중 하루를 내줬는데, 늦으면 안 되지."

"별거 아닌데 뭘."

"별거 아니긴. 나는 오늘 할 얘기가 아주 많거든."

"내가 도움이 될지 모르겠다."

이런 대화를 주고받으며 카페로 들어갔다. 안내를 받아서 자리에 앉자 바로 가와무라가 "오늘은 내가 살게"라고 말했다. 괜찮다고 만류했지만 가와무라가 고집을 꺾지 않아서, 나는 가장 저렴한 아이스커피를 주문했다.

"오늘 동생은 어떻게 했어? 재활 훈련에 같이 갔었지?"

"병원에서 헤어졌어. 버스만 타면 버스 정류장에서 집까지는 금방이라 혼자서도 갈 수 있거든. 의족에는 익숙해지지 않았지만, 목발은 꽤 능숙하게 쓰게 됐어."

"맞아, 시민 병원에서 우리 동네까지는 교통편이 좋으니까."

나도 퇴원 후의 정기 검진 때는 병원까지 혼자 버스를 타고 다니곤 했다. 가와무라의 동생도 그렇게 버스로 병원에 다니는 거겠지.

"동생 이름은 뭐야?"

"렌(蓮)이라고 해."

"그래? 렌이라고 하는구나."

"렌은 말이야, 6학년이 된 지 얼마 안 돼서 교통사고를 당해 오른 다리를 무릎 위에서 절단했어."

아이스커피의 얼음이 부딪혀 카랑카랑 소리를 냈다. 주위 공기가 차가워지는 기분이었다.

"그랬구나······."

갑자기 충격적인 이야기를 듣고 나는 뭐라 대답해야 좋을지 몰랐다.

"왜 그렇게 침울한 얼굴을 하고 그래."

"아니, 누구라도 그렇지 않나? 갑자기 다리를 절단했다는 말을 들었는데."

"하지만 나루세도 같은 상황이잖아?"

"그건 그렇지만. 그래도 갑자기 다른 사람이 그랬다는 말을 들으면 놀랄 수밖에."

"그런가?"

가와무라는 살짝 웃으며 창밖을 쳐다봤다. 그리고 작은 소리로 중얼거렸다.

"하지만 나는 렌의 다리를 절단하게 된 건 아무렇지 않아. 렌이 살아나 준 것만으로도 충분하다고 생각해."

"그렇게 큰 사고였어?"

"응. 대형 트럭에 렌이 타고 있던 자전거가 휩쓸려 들어갔으니까."

"그랬구나. 다리만으로 끝나서 다행이었을 정도였나 보네."

"응. 그래서 우리 부모님도 살아난 것만으로도 다행이라고 말씀하셔."

"그렇구나. 내가 걸린 병도 유잉육종이라고 해서 죽을 가능성도 있다고 했었어. 우리 부모님도 내가 살아 있는 것만으로도 다행이라고 생각하시겠지?"

"당연하지!"

유잉육종으로 목숨을 잃는 사람도 있다. 그것을 생각하면 지금 살아 있는 것만으로도 충분히 행복한 일이다. 그런데 다른 아이들의 시선이 신경 쓰인다느니, 과잉 친절은 그만두었으면 좋겠다느니, 이런 생각을 했던 나의 고민이 사치스러운 것처럼 느껴졌다.

"미안해. 갑자기 큰소리를 내서."

"아니야, 괜찮아."

"내가 좀 흥분했나봐."

거기까지 말한 가와무라는 말할까 말까 망설이는 듯한 얼굴을 하더니 작은 소리로 이렇게 말했다.

"그런데 말이야, 렌은 살고 싶지 않았대."

살고 싶지 않았다니…….

그런 말을 들으면 보통은 놀랄 것이다. 하지만 나는 렌의 기분도 어느 정도 이해가 갔다. 나 같은 경우는 항암 치료를 받아야 했기 때문에 입원 기간이 길었다. 그만큼 재활 훈련을 할 시간도 충분했고, 다리가 없는 내 모습을 마주할 시간도 충분했다.

그런 나마저도 유리창에 비친 다리가 없는 내 모습을 처음 봤을 때는 충격으로 서 있을 수가 없었을 정도였다.

렌의 경우는 어땠을까?

사고로 다리를 잃었다고 하니 항암 치료도 받지 않았을 테고, 분명 짧은 기간에 퇴원했을 것이다. 다리가 없는 자신을 받아들일 시간조차 거의 없었을 것이다. 그런 상태에서 갑자기 사람들의 시선을 접해야 했다면 인생이 싫어질 만도 하다는 생각이 들었다.

"학교는 어떻게 하고 있어?"

"퇴원하고서도 거의 가지 않고 있어. 방에 틀어박혀 있기만 하고."

"그렇구나……."

나 역시 학교에 가기 싫다는 생각을 몇 번 했는지 모른다. 지금도 여름 방학이라 학교에 가지 않아도 되는 것에 적잖이 안도하고 있다.

"너도 의족으로 학교에 오는 게 싫었어?"

"으응, 그렇지 뭐. 렌의 기분도 이해가 돼."

"그럼 너는 왜 학교를 쉬지 않고 나오고 있어?"

어째서일까.

친구들과도 잘 지내지 못하고, 육상부도 그만두었고, 주위의 눈도 신경 쓰이고……. 학교에 가고 싶지 않은 이유는 무수히 많다. 하지만 그럼에도 학교에 가는 이유는…….

"아마 스스로 결정한 일이라서일까?"

"스스로 결정했다고? 뭘?"

"다리를 절단하는 걸, 나는 스스로 결정했거든."

가와무라는 흠칫 놀란 것 같았다. 아마 놀란 이유는 '스스로 절단을 선택했다'는 점 때문일 것이다. 나를 학교에 가게 만든 것, 그것은 '지고 싶지 않다'는 기분이었던 것 같다. 스스로 선택한 길에서 도망치고 싶지 않았다. 그래서 나는 학교에 다니고 있다고 가와무라에게 설명했다.

"나루세는 왜 절단을 선택했어?"

"뭐?"

"아니, 보통은 다리를 남기고 싶다고 생각하지 않나?"

"아아, 나는 다리를 남겨 두면 스포츠를 할 수 없다는 말을 들었거든."

"스포츠? 육상을 말하는 거지? 하지만 육상부 그만뒀다고 들었는데."

내가 육상부를 그만둔 것은 가와무라에게까지 알려진 모양이다.

"육상부가 아니라도 달릴 수 있으니까. 최근에는 의족 육상 선수들의 모임에 나가고 있어."

사실은 어제 처음 나갔지만, 의족에서는 선배다운 모습을 보이고 싶어서 이전부터 계속 달렸던 것처럼 말하고 말았다.

"우와, 대단하다!"

예상대로 가와무라는 이야기에 흥미를 보였다.

"거기에서는 스포츠용 의족을 사용해서 달리고 있어."

겨우 어제 시작했으면서 득의양양하게 이야기하는 내 모습이 좀 한심하다는 생각도 들었지만, 달리기 시작한 것은 사실이니까 괜찮지 않을까? 가와무라 앞에서는 멋있어 보이고 싶은 마음을 참을 수가 없었다.

"또 다른 얘기도 듣고 싶어."

나는 적극적인 자세로 묻는 가와무라에게 다리를 절단했을 때 어떤 기분이었는지, 어떻게 해서 다시 달리려는 생각이 들었는지, 의족으로 달리면 어떤 기분인지 등 지금까지 있었던 여러 일들을 이야기했다.

"그렇게 긍정적으로 받아들이다니 정말 대단하다!"

"그런가? 하지만 나도 달리게 되기까지는 갈등이 많았어."

"그렇구나. 렌도 긍정적인 쪽을 봐 주면 좋겠는데."

"괜찮아. 분명 그렇게 될 거야."

렌이 그리 쉽게 다시 학교에 가게 되리라고는 생각되지 않았다. 나 역시 아직 학교 친구들과의 사이에 있는 벽은 극복하지 못하고 있다. 하지만 가와무라의 희망을 짓밟고 싶지 않아서 그만 힘주어 대답하고 말았다.

"고마워. 혹시 다음에 렌과 함께 나루세가 달리는 모습을 보러 가도 될까?"

"응? 그래. 나라도 괜찮다면 당연히 되지."

레이카 씨에게는 다음에도 스타트 대시 도쿄의 활동에 참가하겠다고 말해 두었다. 거기서 달리는 모습을 두 사람에게 보여 주고, 그걸로 렌의 마음이 조금이라도 긍정적으로 바뀐다면 의미가 있지 않을까?

가와무라의 웃는 얼굴을 보면 나도 따라서 웃게 된다. 그 뒤로는 둘이서 숙제에 대해서나 선생님에 대해서 등 두서없는 이야기를 한 시간 정도 떠들었다. 이렇게 많이 웃은 건 유잉육종을 선고받고 난 이래로 처음이었다.

카페를 나와 집으로 가는 길을 가와무라와 함께 걸었다. 매미 소리가 우렁차게 들려왔다. 후지미다이 공원 앞까지 오자, 앞서 걷던 가와무라가 빙글 돌아섰다.

"오늘 고마웠어, 하야토."

"아니야. 나야말로 이야기 나눠서 좋았어. 나도 의족을 쓰게 되고부터 지금까지의 기분을 정리할 수 있어서 개운해졌어."

"다음에는 달리는 모습 보여 줘."

"그래. 렌이랑 같이 보러 와."

"응. 연습 일정 정해지면 알려 줄래?"

"알았어."

가와무라는 웃는 얼굴로 내 앞에서 멀어져 갔다. 새하얀 원피스 자락에 저녁해가 비쳐 붉게 물들어 보였다.

나는 가와무라의 뒷모습이 더 이상 보이지 않을 때까지 계속 바라보았다.

08
시동

'시영 경기장 입구'라고 쓰여 있는 정류장에서 버스를 내렸다.

지난번에 참가한 스타트 대시 도쿄의 합동 연습 모임은 육상 초보자까지 포함한 폭넓은 대상을 위한 것으로, 한 달에 한 번 체육공원에서 열린다. 하지만 실제로 경기에 참가하기 위한 본격적인 훈련을 하기에는 합동 연습 모임만으로는 양과 질에서 모두 부족하다. 그 때문에 스타트 대시 도쿄의 멤버 중 뜻이 있는 사람들이 따로 모여 매주 일요일에 시영 경기장에서 더 본격적인 훈련을 하고 있다. 이 모임은 일명 '일요 연습'이라고 불린다.

육상부 활동이 익숙해서인지, 나는 일단 달리기로 마음먹은 이상 제대로 경기에도 나가고 싶었다. 그래서 망설임 없이 일요 연습에도 참여하기로 했다. 다만 시영 경기장은 솔직히 별로 오고 싶지 않은 장소다. 여기는 육상부원들도 자주 이용하기 때문이다. 새삼 얼굴을 마주하는 것도 어색하고, 육상부를 그만뒀으면서 왜 달리고 있냐고 등 뒤에서 수군거리는 것도 싫었다.

 탈의실에 옷을 갈아입으러 가면서 육상부원들이 오지는 않았는지 주위를 두리번거렸다. 다행히 오늘은 오지 않은 것 같아 안심했다. 일요 연습에 참여하는 이상 언젠가는 마주칠지도 모르지만, 첫날인 오늘부터 얼굴을 보는 것은 피하고 싶었다.

 스트레칭이 끝나자 곤도 아저씨가 와서 스포츠 의족을 조정해 주었다. 합동 연습 모임 때 나에게 맞는 스포츠 의족을 이미 골라 두었기 때문에 착용하는 데 시간은 그다지 걸리지 않았다. 곤도 아저씨의 말로는 일상용 의족에서 C형 스포츠 의족으로 갈아 끼우는 작업은 별로 어렵지 않아서 개인용 스포츠 의족만 있으면 한 번 배워서 체육 수업 때도 혼자서 바꿔 장착할 수 있다고 한다. 1학기 때는 체육 시간에 거의 견학만 했지만, 스포츠 의족을 사용할 수 있다면 수업에 참여할 수 있을지도 모르겠다. 의족으로 체육 수업을 받는 내 모습을 반 친구들이 어떤 눈으로 볼지 상상하면 그냥 견학이나 하는 편이 마음 편할 것 같지만 말이다.

여름 방학에까지 학교 생각으로 고민하지는 말자.

복잡한 기분을 털어 버리려고 가볍게 점프를 해 보았다. 적당한 탄성이 느껴졌다. 딛었을 때 움츠르드는 것까지 고려해야 하기 때문에 스포츠 의족은 일상용 의족보다 5센티 정도 더 높은 것을 사용한다. 그것도 스포츠 의족을 착용했을 때 균형을 잡기가 어려운 이유 중 하나다. 하지만 지난번의 경험 덕분인지 이번에는 그렇게까지 휘청거리지는 않았다.

나는 레이카 씨와 다른 멤버들을 따라 허벅지 들기와 팔 휘두르기, 작은 상자에 오르내리는 박스 점프, 20~30미터를 전력 질주하는 가속 질주 등 일반적인 육상 훈련을 했다. 물론 나는 아직 스포츠 의족에 익숙하지 않아서 도중에 여러 번 휴식 시간을 가져야 했다.

"저, 의족용 훈련은 따로 하지 않나요?"

훈련 방법이 육상부에서 하던 훈련과 그다지 다르지 않은 것이 신기해서 휴식 시간에 레이카 씨에게 물어보았다.

"의족만을 위한 훈련 방법이 따로 있지는 않아. 왜냐하면 기본은 육상이니까."

레이카 씨의 말에 따르면 훈련 방식은 일반 선수나 의족을 사용하는 선수나 거의 같다고 한다. 의족을 착용하다 보니 부족할 수밖에 없는 근육을 단련하거나, 의족 특유의 달리기 습관을 고치기 위한 훈련은 있지만, 기본적인 훈련 프로그램은 육상부와 다를 바 없어 보였다.

그렇다면 학교 육상부에서도 다른 친구들과 함께 연습할 수 있지 않을까, 잠시 생각하기도 했지만 역시 안 되겠다는 생각이 들었다. 내가 육상부를 그만둔 것은 훈련이 힘들어서가 아니라 인간관계의 문제였기 때문이다.

"하야토는 체력이 좋구나. 역시 육상을 한 적이 있어서 다른가 봐."

연습을 끝내자 레이카 씨가 말했다.

"그런가요? 하지만 도중에 여러 번 쉬었는걸요."

오랜만에 체력을 쓰는 바람에 나는 완전히 녹초가 되어 있었다. 이래도 괜찮을까 걱정하던 참이라 레이카 씨의 평가는 의외였다.

"중간중간 쉬긴 했지만 마지막까지 훈련 메뉴를 다 따라왔잖아. 처음 하는 사람은 대부분 중간에 뻗어서 포기하거든."

1년 이상을 쉬었던 데다 체력도 완전히 떨어져서 큰일이라고 생각하고 있었다. 하지만 레이카 씨의 칭찬을 듣고 육상부에서 훈련했던 것이 아예 소용없지는 않다는 것을 알게 되어서 조금 뿌듯했다.

"하야토는 가능하면 빨리 개인용 스포츠 의족을 준비하는 편이 좋을 것 같아."

"개인용이요?"

"응. 지금 쓰는 스포츠 의족은 평소에 사용하는 일상용 의족의 소켓에 스포츠용 의지발을 연결한 것뿐이잖아? 본격적으로 육상을 하는 사람들은 스포츠 의족도 개인에게 맞춰 제작한 것을 쓰니까, 소켓도 거기에 맞게 따로 맞추거든."

앞으로 진지하게 육상을 할 생각이라면 소켓까지 포함한 개인용 스포츠 의족을 제대로 맞춤으로 제작하는 편이 더 나을 것이다. 나에게 맞춰서 조정할 수 있다면 달릴 때의 기록도 더 빨라지지 않을까? 다만 금액이 걱정될 뿐이다.

"그렇긴 하겠지만요……."

돈 이야기를 꺼내려 하는데 레이카 씨가 선수를 쳤다.

"혹시 돈 때문에 걱정돼서 그래?"

"네? 어떻게 아셨어요?"

"왜냐니, 지금 굉장히 난감한 표정을 하고 있었잖아. 뭐, 다들 걱정하는 부분은 비슷하니까."

"네……. 찾아봤더니 100만 엔이 넘는 것도 있더라고요."

"음, 그렇긴 하지. 하지만 하야토라면 장래가 유망하니까 지원을 받을 수 있을 거야."

레이카 씨는 뭔가를 생각하면서 말했다.

"지원이라뇨?"

스포츠 의족을 지원받을 수 있다니, 나는 깜짝 놀랐다. 지금까지 생각해 본 적도 없었다.

"24시간 TV*라는 프로그램 알지?"

"아, 매년 여름에 하는 그거요?"

"응. 24시간 TV에서 스타트 대시 도쿄에 1년에 몇 개씩 스포츠 의족을 지원해 주고 있어. 의족을 착용하는 육상 꿈나무를 위한 지원 사업 같은 거지. 그러니까 하야토가 할 마음이 있다면 곤도 씨를 통해서 신청해 볼게."

"그래도 될까요?"

---

* 매년 8월 일본의 지상파 방송사 니혼TV(日本テレビ)에서 24시간 동안 철야로 방영하는 특별 기획 프로그램. 장애인, 난민, 난치병 환자 등 사회적 약자에게 주목한 자선 마라톤 대회, 자선 콘서트, 드라마 스페셜, 밀착 취재 다큐멘터리 등 다양한 기획 프로그램이 방영된다.

굉장히 고마운 제안이었다. 하지만 나는 한순간 망설였고, 레이카 씨는 그런 나의 기색을 놓치지 않았다.

"왜? 망설일 필요 없지 않아? 할 생각이 없는 건 아니겠지?"

내가 망설인 이유는 그런 고가의 스포츠 의족을 지원받는다는 것은 전력으로 육상에 매진하겠다는 각오를 굳히라는 의미로 느껴졌기 때문이다.

하지만 각오라면 되어 있다. 나는 육상을 계속할 것이다. 그리고 언젠가 야마나카 선수와 나란히 달릴 수 있는 선수가 될 것이다. 나는 주먹을 불끈 쥐고 대답했다.

"물론이죠! 하고 싶습니다!"

"좋아, 잘 생각했어. 의족을 지원받을 수 있게 부탁해 볼게. 개인용 스포츠 의족이 오면 본격적인 훈련을 하자. 목표는 패럴림픽 선수가 되는 거야."

레이카 씨는 그렇게 말하며 내 어깨를 두드렸다.

***

─내일 연습이 있는데 보러 올래?

여름 방학이 반 이상 지날 무렵이 되자 일요 연습에서 하는 훈련 메뉴도 어느 정도 여유롭게 해낼 수 있게 되었다. 그 즈음의 어느 토요일, 나는 가와무라에게 이렇게 메시지를 보냈다. 사실 지금까지도 두어 번 가와무라를 불러 볼까 생각은 했었다. 하지만 아직 달리는 자세가 제대로 잡히지 않아서, 이렇게 뻗어 버린 모습은 보이고 싶지 않아서……, 이런 생각에 망설이다 보니 시간이 훌쩍 흘러가 버렸다.

적어도 오봉 연휴* 전에는 보러 오라고 말해야겠다 싶어서 간신히 용기를 쥐어짜 메시지를 보낸 것이었다.

'너무 촉박했을까?'

전날이 되어서야 말했으니 거절당할 가능성이 높다.

'좀 더 빨리 보낼 걸 그랬나?'

그렇게 후회할 틈도 없이, 가와무라의 답장이 도착했다.

—내일은 재활 훈련이 있어서 말이야.

'그렇겠지. 이렇게 갑자기 말하면 온다고 하기 어렵지…….'

짤막한 답장에 낙담하려던 찰나, 또 한 통의 메시지가 도착했다.

—재활 훈련이 끝난 다음에 가도 될까? 좀 늦을지도 모르는데.

---

* 양력 8월 15일을 전후해 조상을 기리며 보내는 일본의 명절.

나는 침대에 너부러져 있다가 벌떡 몸을 일으켰다.

―당연히 괜찮지. 연습은 저녁 무렵까지 하거든.

―고마워. 렌과 함께 갈게.

"좋았어!"

나는 무의식중에 소리를 내어 말했다. 내일 가와무라가 보러 온다고 생각하자 갑자기 의욕이 넘쳤다. 힘이 마구 솟아나는 기분이었다. 뭐라도 해서 소모하지 않으면 폭발할 것만 같아서 나는 일단 복근 운동을 시작했다.

***

"17초 37!"

스톱워치를 든 레이카 씨의 목소리가 울려 퍼졌다.

"오, 처음 뛴 100미터에서 이 정도면 제법 괜찮은데?"

"하아…… 하아…… 정말이요?"

나는 어깨를 헐떡거리며 대답했다. 스타트 대시 도쿄의 연습에 꾸준히 참여한 결과 이제 100미터 이상의 거리를 달릴 수 있게 되었다. 다만 기록을 잰 것은 이번이 처음이다. 이전 나의 최고 기록은 12초 25였다. 5초가 넘게 늦다니, 조금 맥이 풀렸다. 나의 불만족스러운 얼굴을 본 레이카 씨가 다독이는 말을 해 주었다.

"빠른 거야! 20초 이상 걸릴 줄 알았거든."

"하아…… 저 원래 육상부였잖아요."

빠르다는 말을 들었지만 이전에 비하면 비교가 안 되게 늦은 기록이라 솔직히 만족스럽지 않았다. 레이카 씨는 날 배려해서 빠르다고 말해 주는 거라는 생각이 들었다.

숨을 가라앉히고 자세를 바로잡은 뒤 레이카 씨에게 물었다.

"저, 패럴림픽 선수의 기록은 몇 초 정도예요?"

"음…… T64 클래스라면 10초대 후반은 나올 것 같은데?"

"10초대요?"

T64 클래스란 하퇴의족을 착용하는 선수의 등급을 의미한다. 하퇴의족 선수의 기록은 대퇴의족 선수보다는 빠르기 마련이지만, 그걸 고려해도 역시 대단하다. 비장애인 선수도 일본 기록은 9초대 후반이니까, 단 1초밖에 차이가 나지 않는다.

"일본 국내에서도 큰 대회에서는 11초대가 나와. 패럴림픽에 나가고 싶다면 11초대를 목표로 해야겠지."

"11초대라고요……?"

오른 다리가 있었을 때도 내지 못했던 기록이다. 내가 과연 11초대 기록을 낼 수 있을까? 목표로 삼아야 할 기록이 아득히 멀게만 느껴져 몸이 떨려 오는 한편, 마음 한켠에서는 설렘도 느껴졌다. 마치 올림픽을 꿈꾸던 그때 같은 기분이다. 먼 꿈을 좇을 때 느꼈던 두근거림이 다시 찾아왔다.

17초도 빠르다고 말해 주는 것은 레이카 씨의 배려다. 하지만 지금 느리다고 해서 포기할 생각은 없다.

"저, 언젠가는 패럴림픽에 나갈 거예요!"

무심결에 나는 스스로도 놀랄 정도로 크게 소리 내어 이렇게 선언해 버렸다.

짝짝짝!

"하야토 멋지다!"

등 뒤에서 박수 소리와 함께 누군가가 말을 걸었다. 깜짝 놀라 뒤를 돌아보자 가와무라가 있었다.

"우왓, 가와무라! 언제 왔어?"

큰 소리로 꿈을 밝히는 모습을 보인 것이 부끄러웠다. 하지만 패럴림픽에 나가고 싶다는 마음은 진심이었다. 쑥스러움을 감추면서 가와무라를 향해 다가갔다.

"생각보다 빨리 왔네."

"아, 응. 갈아타야 할 버스가 바로 왔어."

가와무라의 옆에는 한 남자아이가 있었다. 아마 이 아이가 가와무라의 동생이겠지.

긴바지를 입고 있어서 겉으로는 보이지 않지만, 속에는 대퇴 의족을 하고 있을 것이다. 가와무라는 그쪽을 힐긋 바라보고서 나에게 소개했다.

"이쪽이 내 동생 렌이야."

렌은 인상을 쓴 채 트랙을 바라보고 있었다. 아마 억지로 여기까지 끌려왔을 것이다. 렌은 나와 눈을 마주칠 생각도 없어 보였다.

"안녕. 나는 나루세 하야토라고 해. 반가워."

나는 인사를 하며 오른손을 내밀었다. 야마나카 선수나 레이카 씨가 나에게 그랬던 것처럼. 하지만 렌은 내 오른손을 물끄러미 바라보기만 할 뿐, 손을 잡으려 하지 않았다.

"얘, 렌! 똑바로 인사해야지."

가와무라의 말에 렌은 할 수 없다는 듯이 내 쪽을 향했다.

"⋯⋯가와무라 ⋯⋯렌이에요."

들릴까 말까 한 목소리로 겨우 이름을 말하더니, 천천히 오른손을 내밀었다. 그 손은 무척 차가웠다. 마치 얼마 전까지의 나를 마주하고 있는 것 같았다. 앞으로 향하지 못했던 나, 다리를 자른 것을 후회하던 나, 이전 같은 생활로 돌아갈 수 있다는 말은 다 거짓이었다며 모두를 원망하던 나, 꿈을 포기했던 나, 얼마 전의 내가 눈앞에 나타난 듯한 기분이 들었다.

나는 렌의 손을 단단히 감싸고 힘주어 악수했다. 렌은 놀랐는지 슬며시 손을 빼냈다.

"만나서 반가워, 렌."

한 번 더 말을 걸어 보았지만, 렌은 아무런 대꾸도 하지 않았다. 대신 가와무라가 흥분해서 말했다.

"의족으로 벌써 100미터를 달릴 수 있어? 정말 대단하다!"

가와무라의 목소리에 나는 렌에게서 가와무라 쪽으로 시선을 옮겼다.

"혹시 달리는 것도 봤어?"

"응. 렌과 함께 보고 있었어. 그렇지, 렌?"

렌은 내 목소리가 들리지 않는 것처럼 아무 말도 없이 그저 묵묵히 트랙을 달리는 선수들을 보고 있었다. 렌도 이전의 나처럼 의족으로 달리는 선수들을 보고 뭔가 느끼는 점이 있을지도 모른다.

"렌도 달려 볼래?"

내가 묻자 바로 가와무라가 끼어들었다.

"아직 안 돼. 렌은 일상용 의족이고, 이제 간신히 목발 없이 걸을 수 있는 수준인 걸."

가와무라가 만류했지만 나는 계속 말을 이었다.

"살살 달리는 정도는 가능해. 넘어지지 않게 옆에 붙어서 함께 달려 줄 테니까, 한번 해 보지 않을래?"

"……싫어요."

렌은 달리고 싶지 않다며 고개를 옆으로 흔들었다. 그 모습을 보고 나는 렌에게 너무 강요하려 들었다는 걸 깨달았다.

"……아무래도 좀 그렇지? 아직 의족에 익숙해지지도 않았는데 달리라는 건 무리였나 보다."

마음이 너무 급했던 것 같다. 가와무라 앞이니까 멋있는 모습을 보이고 싶은 마음 때문이었는지도 모르겠다. 하지만 렌이 빨리 달릴 수 있게 되면 좋겠다고 생각한 것은 사실이다. 계속 이렇게 혼자 고민하지는 말았으면 했다.

"자, 그럼 오늘은 편하게 보고 가. 여러 선수들이 있으니까 말이야. 렌처럼 대퇴의족을 사용하면서 달리는 선수도 있어."

렌이 작게 고개를 끄덕였다. 그 눈에는 감정이 보이지 않았다. 렌이 무슨 생각을 하는지 내가 알 도리는 없지만, 분명 큰

절망감에 휩싸여 있을 거라는 생각이 들었다.

나는 레이카 씨와 다른 멤버들에게 돌아가 함께 훈련을 시작했다. 그동안 가와무라와 렌은 스탠드의 제일 앞줄에 앉아 의족 육상 선수들을 보고 있었다. 나는 연습 중에도 틈만 나면 렌에게 가서 말을 걸었다.

오하시 씨는 말이야, 렌처럼 교통사고를 당해서 양다리 모두 하퇴의족을 하게 됐어. 하지만 지금은 패럴림픽을 목표로 훈련하고 있어. 저쪽에서 달리고 있는 분은 사토 씨인데, 골육종으로 대퇴의족을 하고 있어. 하지만 나보다 조금 빨리 시작했는데 벌써 트랙을 한 바퀴 달릴 수 있게 됐어. 그리고 저쪽에 남자아이 보이니? 하루토라고 하는데 소아암 때문에 고관절 의족을 하고 있어. 고관절 의족이라는 것은 엉덩 관절 부위부터 하는 의족을 말해. 하지만 봐 봐, 저렇게 활발하게 뛰어다니고 있지?

고개를 끄덕이지도 않고, 렌은 그저 내 이야기를 묵묵히 들었다. 내가 하는 말 중에서 뭔가 하나만이라도, 렌이 앞으로 향하게 되는 계기가 되면 좋겠다고 생각하면서 나는 필사적으로 말을 걸었다.

"오늘 고마웠어."

연습이 끝날 무렵, 가와무라가 말했다.

"나는 아무것도 한 게 없는걸."

생각지도 못한 말에 나는 당황했다.

"렌에게 이야기도 많이 해 주고, 주스도 사 줬잖아."

"아니 뭐 그런 걸 가지고."

분명히 이런저런 이야기를 많이 했다. 의족으로 걸을 때의 요령이나 생활하면서 느낀 점에 대해서도 떠들었다. 과자와 주스도 챙겨 줬다. 오늘 여기 온 것이 렌에게 조금이라도 긍정적인 기운을 전해 줬으면 좋겠다고 생각해서 한 일이었다.

"친절하게 대해 줘서 고마워."

"으응."

나는 렌에게 특별히 의도적으로 친절하게 대하려고 했던 것은 아니다. 하지만 결과적으로 내 행동은 친절을 베푼 셈이 되었다.

아……!

그때, 나는 뭔가를 깨달았다.

학교 친구들의 미적지근한 친절이 대체 뭐였는지를.

나도 똑같았다. 불편해 보이는 사람이 있으면 손을 내밀어 도와주고 싶어지는 것은 당연한 일이다. 다들 그렇게 행동했던 것뿐이었구나. 불편해 보이니까 도와주자, 의족으로는 어려울 것 같으니까 도와주자, 그런 당연한 마음이었던 것이다.

삐딱하게 보고 있던 것은 나였다. 친구들의 호의를 불쌍하게 보는 눈이니, 미적지근한 친절이니 하며 왜곡해서 받아들이고 있었다. 쓸데없이 나서지 말라며 마음속으로 거부하고 있었다. 진심으로 고맙다고 말한 적도 없었고, 무의식적으로 냉랭한 태도를 보였을 것이다. 그래서 더욱 나에게 의족 이야기를 꺼내지 못했던 것이다. 하지만 그것 역시도 배려의 또 다른 형태였다.

다리가 없다는 데 가장 집착하고 있었던 것은 나였다.

가장 의족을 불쌍하게 보고 있었던 것 역시, 바로 나.

다른 아이들이 벽을 쌓았던 것이 아니라, 나 자신이 장애인이라는 껍질을 만들어 틀어박혀 있었던 것이다. 그것을 깨달았다.

나는 가와무라, 렌과 함께 집으로 향했다. 저무는 해에 우리 그림자가 가늘고 길게 비쳐 보였다. 우리는 버스에서 내려 집을 향해 걸었다. 나와 가와무라는 앞서서 천천히 한 걸음씩 걸어가는 렌을 지켜보면서 조금 떨어져서 그 뒤를 걸었다.

"하야토, 오늘 달리는 모습 굉장히 멋있었어. 힘내. 내가 응원할게."

가와무라의 솔직한 말에 부끄러워진 나는 슬쩍 말을 돌렸다.

"고마워. 그러니까 나를 위해서가 아니라 렌을 위해서 응원한다는 뜻이지?"

"뭐?"

"내가 열심히 달리는 모습을 보면 렌도 의욕이 생길 거라고 생각하는 거 아니야?"

"응, 그것도 틀린 말은 아니지만……. 그게 다는 아니야."

가와무라는 생각에 잠긴 듯 아래를 바라보더니 불쑥 이렇게 말했다.

"오늘 말이야, 하야토가 달리는 모습을 보고 그런 생각을 했어. 네가 달리는 모습을 좀 더 보고 싶다고."

"내가 달리는 모습?"

"앞을 보고 달리는 모습이 굉장히 멋있었어."

"자세가 그렇게 엉망진창이었는데도?"

"그런 건 상관없어! 꿈을 향해서 똑바로 앞을 보고 달리는 모습이 멋있다고 생각했다는 말이야. 그래서 달리는 모습을 좀 더 보고 싶어졌어. 아니, 나만 볼 게 아니라 더 많은 사람들에게 하야토가 달리는 모습을 보여 줘야 한다고 생각했어. 너는 분명 언젠가 세계를 무대로 달릴 수 있을 거야. 미래에 패럴림픽에서 달리는 모습이 보이는 기분이었거든. 그러니까 앞으로도 힘내서 계속 달렸으면 좋겠어."

"가와무라……."

가와무라의 말 한마디 한마디가 내 마음속에 스며들었다.

'굉장히 멋있었어…… 멋있었어…….'

"내, 내가 멋있었다고?"

무심결에 소리 내어 말해 버렸다.

그것도 이상하게 뒤집어진 목소리로. 하지만 가와무라는 웃지 않고 고개를 끄덕였다.

"응, 멋있다고 생각했어."

얼굴이 순식간에 빨개지는 것이 느껴졌다. 귀까지 뜨거웠다. 이건 고백인가? 아니, 그저 달리는 모습이 좋았다는 거겠지? 나를 좋아한다는 뜻은 아니겠지? 어떡하지, 머릿속이 뒤죽박죽이다.

뭐든 말해야 한다는 생각에 뇌를 거치지 않고 말이 튀어나왔다.

"아, 알겠어. 나 진짜 열심히 할게. 렌을 위해서도, 사, 사, 사키를 위해서도."

"응, 힘내. 응원할게."

내 말에 가와무라는 활짝 웃었다. 가와무라의 웃는 얼굴에 저녁 햇살이 비쳐서 반짝반짝 눈이 부셨다. 지금까지 본 그 누구보다도 아름다웠다.

나는 이때 처음으로 자각했다.

나는 가와무라를 좋아한다.

굉장히 많이.

09
친구

여름 방학도 막바지에 접어들었다. 여름 방학 내내 나는 일요 연습에 꼬박꼬박 참가하면서 후지미다이 공원에서 자율 훈련도 병행했다.

오늘도 버스를 갈아타며 시영 경기장으로 향했다. 오늘이 여름 방학의 마지막 일요 연습이다.

여름 방학의 마지막 주말인 탓에 시영 경기장은 사람들로 붐볐다. 아이를 데리고 나온 가족이 있는가 하면 우리 같은 육상 동호회 사람들도 제각기 모여 달리고 있었다.

"안녕! 하야토!"

나를 부르는 소리에 돌아보자 유키의 모습이 있었다.

"유키, 안녕! 오늘도 육상부 여기서 모이는 거야?"

"응, 학교보다 달리기에는 더 편하니까. 하야토도 열심히 하는 것 같더라."

우리 학교 육상부는 기본적으로 학교 운동장에서 훈련한다. 하지만 여름 방학 중에는 시영 경기장도 자주 이용하는 편이다.

나는 일요 연습만이 아니라 자율 훈련 때도 시영 경기장을 종종 이용했다. 그러다 보니 자연히 유키와 얼굴을 마주하는 횟수도 늘어났다. 학교가 아닌 장소여서인지 유키와도 1학기 때보다 이야기하기가 더 편해졌다.

"요새 기록이 점점 좋아져서 말이야. 그러면 역시 의욕이 생기잖아."

나는 이제 100미터를 16초대에 달릴 수 있게 되었다. 육상 선수에게 있어서 기록 단축은 의욕을 불태우게 되는 중요한 요인이다.

"굉장한데! 나는 가을 대회에 대비해서 강화 훈련 중인데 기록이 주춤해서 고민이야."

"그럴 만도 하지. 네 기록은 12초대잖아. 거기까지 가면 0.1초 줄이는 게 얼마나 힘든데. 나는 16초대니까 아직 갈 길이 멀어. 단위가 다른 걸."

"16초대라고? 그것도 쉽지 않은데."

"응, 제법 달릴 수 있게 됐어."

"그래, 힘내. 그럼 난 가 볼게. 저쪽에 집합이라서."

유키는 그렇게 말하고 육상부 친구들 쪽으로 달려갔다.

쇼타와 다케시가 웃으며 유키를 반겼다.

나도 다리가 있다면 저쪽에 있었을까? 하지만 만약의 경우를 생각해 봤자 소용없다. 그리고 다리를 잃었기 때문에 얻을 수 있었던 것도 있다. 가장 큰 것은 패럴림픽에 나가겠다는 꿈이다. 가까이에 레이카 씨라는 패럴림픽 선수가 있는 만큼, 올림픽을 목표로 하던 때보다 꿈까지의 거리는 더 가깝게 느껴졌다. 또 가와무라도 있다. 다리를 절단하지 않았다면 분명 가와무라와 지금처럼 가까워지지는 못했을 테니까.

"하야토, 괜찮니? 뭘 그렇게 멍하니 있어?"

어깨를 두드리는 손길에 뒤를 돌아보자 레이카 씨가 있었다.

"뭘 보고 있었어? 귀여운 여자애라도 봤니? 사키가 보면 어쩌려고?"

"아니 그게 아니라……."

"아, 저 애들 아즈미노 중학교 육상부 애들이지?"

"네, 맞아요……. 알고 계셨어요?"

"후후, 나는 뭐든지 다 알고 있거든."

레이카 씨는 장난스럽게 대꾸하더니 갑자기 진지한 얼굴을 했다.

"하야토는 아즈미노 중학교의 육상부였지?"

"네……."

"왜 그만뒀어?"

레이카 씨는 주저 없이 물었다. 이렇게 털털한 점이 레이카 씨다운 부분이기는 하지만, 좀 돌려서 물어봐 주면 안 될까 싶기도 했다. 하지만 이렇게 곧바로 물어보니까 오히려 솔직하게 대답할 마음이 들었다.

"육상부에 제가 있을 곳이 없어서요."

"있을 곳?"

"네. 의족을 쓰게 되고서 딱 한 번 육상부에서 달린 적이 있어요. 다리는 비록 의족이지만 나는 전과 다르지 않다는 걸 보여 주고 싶었거든요. 그런데 크게 넘어져 버려서……. 부원들이 다 보는 앞에서 의족이 소켓째로 빠져 버렸어요. 모두 다리가 없는 저를 보고 기분 나빠했어요. 봐서는 안 될 것을 봤다는 얼굴을 하면서요. 그 후로 육상부에 있기가 힘들어져서 그만두고 말았어요."

연상에 포용력이 있어서일까, 레이카 씨 앞에서는 솔직해질 수 있었다.

"그런 일이 있었구나……."

"의족이 빠진 모습을 들키고부터 반 친구들과의 거리도 멀어졌어요. 가장 친한 친구에게서도 거리감이 느껴지고요. 계속 딱 붙어 지낸 친구였는데, 달과 지구만큼 멀어져 버린 기분이에요. 지금은 조금 가까워진 것 같기도 하지만, 아직 일본과 브라질 정도라고나 할까요."

"평소에는 다리가 없는 사람을 볼 일이 거의 없으니까 놀라는 것도 이해는 돼."

"의족이란 게, 특히 하퇴의족은 내가 먼저 드러내 보이지 않는 이상은 알기 힘들잖아요? 그러니까 길거리에서 볼 일도 없고요. 그런데 갑자기 눈앞에서 빠져 버리면 놀랄 만도 하지요……."

"하지만 있을 곳이 없다고 한 이유가 그거라면 괜찮을 거야."

레이카 씨는 나의 축 처진 말투와는 반대로 태연하게 말했다.

"네?"

무슨 말인지 모르겠어서 당황스러워했더니 레이카 씨가 말을 이었다.

"하야토가 육상부에서 있을 곳이 없다고 느낀 이유가 다리가 없는 모습을 모두가 봤기 때문이라면, 분명 다시 돌아갈 수 있을 거야."

"저, 육상부에 돌아가고 싶은 건······."

"그러고 싶잖아? 얼굴에 그렇게 쓰여 있는데."

"네? 저, 정말요?"

"아쉬워 죽겠다는 얼굴로 육상부 친구들 쪽을 보고 있었잖아."

계속 무시하려 했지만, 마음속에 육상부에 대한 미련이 있는 것은 사실이다. 하지만 도망친 거나 다름없이 나왔으면서 돌아가고 싶어 하는 것은 자존심이 허락하지 않아서, 나는 그 마음에 뚜껑을 덮어 숨겨 놓고 있었다.

"네······. 돌아가고 싶지 않다고 하면 거짓말이겠지요."

나는 신중하게 생각하면서 말했다. 당당하게 돌아가고 싶다고 말할 수는 없다. 하지만 그 장소가 부럽다는 생각은 분명 있다.

"그렇지? 하지만 난 하야토가 돌아갈 수 있을 거라고 생각해."

"에이, 무슨 빈말을 그렇게 하세요."

"빈말이라니. 내 말에는 항상 근거가 있다고."

"근거요?"

"그러니까 말이야······."

레이카 씨가 말을 하려던 순간 "레이카 씨!" 하고 저 멀리서 스타트 대시 도쿄의 다른 멤버가 부르는 소리가 들렸다.

"네!" 레이카 씨가 손을 번쩍 들고 대답했다.

"근거는 나중에 알려 줄게."

레이카 씨는 방긋 웃고서 자신을 부르는 쪽을 향해 달려갔다.

***

"고생했어!"

그날 연습이 끝난 뒤, 벤치에 앉아 있는 나에게 갑자기 유키가 말을 걸어왔다. 유키는 나에게 스포츠 음료를 하나 던져 주었다.

"어, 너도 고생했어!"

나는 당황해서 날아오는 페트병을 양손으로 받았다.

"나이스 캐치!"

하지만 그 바람에 다리의 절단면에 걸쳐 두었던 수건이 땅에 떨어져 버렸다.

앗!

내가 수건을 주우려 하는데 유키가 먼저 주워서 당연하다는 듯이 나에게 건네주었다. 그때 나는 "고마워"가 아니라 "미안"이라고 말하며 서둘러 절단면을 수건으로 덮어서 가렸다.

"미안하다니, 뭐가?"

"아니 그러니까…… 별로 보고 싶지 않은 걸 보여 준 것 같아서."

절단된 부분을 그렇게 당당하게 내보여서는 안 될 것 같은 기분이 들었다. 그래서 사과가 먼저 입에서 튀어나와 버렸다. 내가 시선을 수건으로 떨어뜨리자 유키는 절단면을 가린 것을 깨닫고는 말했다.

"아, 다리 말하는 거야?"

"아아, 응."

"그걸 신경 쓰고 있었어?"

"신경 쓰이지 그럼."

유키는 살짝 웃더니 말했다.

"이제 익숙해졌어."

"익숙해졌다고?"

유키의 말에 가슴이 철렁했다.

"아니, 처음에 의족이 벗겨진 것을 봤을 때는 솔직히 놀랐어. 거기, 절단면이라고 하던가? 역시 좀 징그럽기도 하고 그래서 말이야. 하지만 매주 여기서 봤더니 이제 익숙해졌어."

"그랬구나……."

"응, 미안해. 처음에 너무 놀라는 모습을 보여서. 일부러 그런 건 아닌데, 뭐라고 말해야 할지 모르겠더라고……."

"아니야, 괜찮아. 익숙하지 않으면 놀랄 만도 하지."

"응, 하지만 이제 아무렇지도 않아."

"그렇구나."

레이카 씨가 말한 '근거'를 이제 알 것 같았다. 중요한 것은 익숙해지는 것이었다. 꼭 잘린 다리가 아니더라도, 익숙하지 않은 것을 보면 다들 불안해지고 무섭기도 하고, 다양한 감정을 느끼는 법이다. 특별히 차별 의식이 있거나 불쌍하게 여겨서가 아니라, 처음 보는 것에 놀랐을 뿐이다. 그건 어쩔 수 없는 일이다. 어린아이가 처음 동물원에 가서 코끼리나 사자를 보고 놀라는 것이나 마찬가지다.

하지만 익숙해지면 결국 일상적인 것으로 받아들이게 된다. 24시간 TV 같은 프로그램이나 패럴림픽 경기 중계도 어쩌면 사람들이 익숙해지도록 만든다는 데 의미가 있는 것이 아닐까? 유키는 자신의 페트병을 따서 스포츠 음료를 한 모금 마셨다. 그러더니 벤치에 기대 세워 둔 내 스포츠 의족을 가리키며 말했다.

"그런데 저 다리, 굉장하더라."

"굉장하다고?"

"그럼, 굉장하지. 보니까 완전 날아가는 것처럼 달리던데. 연습하면 이쪽이 더 빠른 거 아니야?"

그렇게 말하면서 유키는 스포츠 의족 옆에 털썩 앉았다. 옆에 세워 둔 스포츠 의족을 물끄러미 보면서 이렇게 물었다.

"이걸 신으면 어떤 느낌이야? 보통 다리랑 똑같아?"

"그럴 리가. 용수철 위에 서 있는 것 같아. 휘청거려서 처음에는 엄청 고생했어."

"용수철 위에 서 있는 거라고? 아무렇지 않게 말하는데, 그거 대단한 거 아니야?"

"그런가?"

"당연하지! 내가 모르는 사이에 여러 가지를 할 수 있게 됐구나."

유키는 여기까지 말하더니 조심스레 말을 이었다.

"나는 있지, 하야토가 오른 다리를 절단하게 됐다는 말을 듣고 내가 하야토를 지켜 줘야겠다고 생각했었어. 하지만 쓸데없는 걱정이었나 봐."

"⋯⋯뭐라고? 무슨 소리야?"

"나랑 같은 나이지만, 너는 어쩐지 옛날부터 동생같이 느껴질 때가 있었거든. 그래서 내가 너를 지켜 줘야 한다는 생각이 있었어. 하지만 괜한 생각이었던 것 같아. 하야토는 의족을 써서 이전 같은 생활을 되찾으려고 노력하고 있는데, 내가 동생 취급하면서 돌봐 주려고 해서는 안 되겠다는 생각이 들더라고. 열심히 앞으로 나아가려 하는 너를 마치 내가 방해하는 것 같았어. 그 후로는 뭔가 점점 너에게 미움 받는 것 같고 그래서."

"뭐? 오히려 반대 아니야? 유키가 나를 피하려고 했잖아?"

"그런 적 없어. 나는 하야토가 나를 피하는 것 같아서, 거리를 두려고 했던 건데."

"그럼 내가 혼자서 그렇게 생각했던 거라고?"

"하하하, 알고 보니 서로 그렇게 생각했던 거 아니야?"

"그러게 말이야."

"와하하하."

웃으면서 자리에서 일어서다가 유키의 다리가 스포츠 의족에 부딪혔다.

"윽, 아야!"

"괜찮아?"

"괜찮아, 괜찮아. 하야토의 다리 너무 딱딱한 거 아니야?"

스포츠 의족을 통통 두드리면서 유키가 말했다.

유키는 내 스포츠 의족을 가리켜 '다리'라고 말했다. 유키는 이미 이 의족을 나의 다리로 받아들이고 있었다.

그날 나는 유키와 함께 집으로 돌아갔다.

유키와 함께 나란히 걸어가는 순간이 무척이나 행복했다.

내 다리로 유키와 함께 걸을 수 있다는 것이 그렇게 행복할 수 없었다.

이렇게 나의 여름 방학이 끝났다.

10
숙제

2학기가 시작되었다. 반 친구들은 모두 여행 기념품을 돌리러 다니거나, 여름 방학의 추억을 즐겁게 재잘거리고 있다.

"안녕, 하야토. 이거 기념품."

유키는 매년 오봉 연휴에 교토에 살고 계신 할머니 댁에 간다. 기념품도 매년 같아서, 올해도 야쓰하시(八つ橋)*를 주었다.

"고마워. 좋겠다. 나도 할머니 댁에 놀러 가고 싶은데. 우리 할머니는 가까운 데 사셔서 말이야……."

나와 유키가 아무렇지 않게 이야기를 나눴기 때문인지, 다른

---

* 얇은 찹쌀떡 피에 팥소를 넣어서 만든 과자로 교토 지역의 대표적인 특산품.

친구들도 가까이 다가왔다.

"하야토는 많이 탔네. 여름 방학에 어디 갔었어?"

"아니, 나는 육상 연습만 죽어라 했어."

너무 오랜만에 친구들과 주고받는 대화에 나는 조금 당황하면서 대답했다.

"진짜? 달릴 수 있어?"

"아, 아니 그러니까……."

"당연히 달릴 수 있지! 스포츠 의족이란 걸 사용해서 달린다고 그랬지, 하야토?"

내가 동요하는 모습을 본 유키가 대신 대꾸하며 대화를 이끌어 주었다.

"응, 스포츠용 의족이 따로 있거든. 그걸 착용하고 달려. 다음부터는 체육 수업 때도 그걸 써 볼까 생각 중이야."

반 친구들과 이렇게 평범한 대화를 나누는 것이 대체 얼마만일까? 1학년 때도 반 친구들과 미처 친해지기 전에 입원 생활을 시작해야 했다. 이렇게 마음 편히 친구들과 대화를 하는 것은 어쩌면 초등학교 때 이래로 처음인지도 모른다.

드디어 나와 반 친구들 사이에 있던 벽이 무너지기 시작했다.

"하야토! 다음 일요일에도 시영 경기장에서 연습해?"

복도를 걸어가는데 쇼타가 말을 걸어왔다. 육상부 친구들과도 전보다는 관계가 회복되기 시작했다.

"아니, 이번 주는 스타트 대시 도쿄의 합동 연습 모임이 있어서 체육공원으로 갈 거야."

"아 그래? 아쉽게 됐네."

'아쉽다고?'

진심으로 아쉬워하는 말투에 놀랐다.

"하야토, 다음엔 시영 경기장에서 같이 연습하자."

쇼타와 나란히 걷고 있던 다케시가 말했다.

"어? 내가 가도 돼?"

"무슨 소리야! 당연히 되지."

이렇게 아무렇지 않게 대화를 나눌 수 있다는 게 정말 기뻤다. 이런 대화가 오가다 보면 이전과 같은 일상이 돌아와 있지 않을까? 그리고 이런 호의를 순수하게 받아들일 수 있게 되었다는 점에서 나도 1학기 때와는 상당히 달라진 것 같았다.

"알았어. 같이 연습하자."

"좋아! 약속했다!"

다케시도 쇼타도 나를 보며 웃었다. 학교에 돌아오고 나서부터 쭉 나는 의족을 무거운 짐처럼 느끼고 있었다. 하지만 지금은 다르다. 앞을 향해 발걸음을 내딛을 때마다 발이 가볍다. 이전과 같은 '나'로 돌아갔다는 것을 의족과 함께 걸을 때마다 느낄 수 있었다.

***

"하나, 둘, 셋, 넷!"

파랗게 갠 가을 하늘 아래, 한창 준비 체조를 하고 있을 때였다. 레이카 씨가 내 쪽으로 다가왔다.

"하야토, 너도 슬슬 대회에 나가 보지 않을래?"

"대회라고요?"

나는 체조를 멈추고 레이카 씨를 쳐다보았다.

"이제 제법 달릴 수 있게 됐으니까 슬슬 괜찮지 않을까 싶어서 말이야. 자, 이거 한번 볼래?"

레이카 씨는 한 장의 전단지를 끄집어냈다. 전단지에는 '도쿄 패러애슬리트 육상 경기 대회'라는 글자가 쓰여 있었다.

"도쿄…… 패러애슬리트……?"

"이름은 도쿄라고 붙어 있지만, 전국에서 참가자가 모일 거야. 꽤 큰 대회지만 초보자도 나갈 수 있거든."

"스포츠 의족에 이제 꽤 익숙해지기는 했지만, 벌써 대회에 나가는 건 좀……."

대회라는 단어를 듣자 마음이 불안해졌다. 지금까지 순조롭게 훈련해 오기는 했지만, 의족으로 달리기 시작한 지는 사실 얼마 되지 않았다. 이런 상태로 대회에 나가서 창피를 당하지는 않을까? 내가 대회에 나갈 수준에 달했다고 할 수 있을까? 겪어 보지 못한 세계인 만큼, 상상조차 되지 않았다.

갑작스러운 권유에 주춤거리는 기색을 보였더니 레이카 씨가 등을 팡팡 두드렸다.

"무슨 소리야! 괜찮아. 내가 코치를 맡아서 도와줄게."

레이카 씨가 그렇게 말한다면 괜찮지 않을까? 누가 뭐래도 패럴림픽 선수니까. 레이카 씨의 말을 믿어 보고 싶었다.

"알겠습니다. 나갈게요. 하지만 제대로 가르쳐 주셔야 해요."

내가 장난스럽게 말하자, 레이카 씨도 웃음을 섞어 대답했다.

"후후, 내 특훈을 따라올 수 있을까?"

"우와, 도중에 쓰러질 것 같아요!"

이렇게 나는 대회를 목표로 훈련을 시작하게 되었다. 대회는 10월 말에 열린다. 지금부터 약 한 달 반. 하기로 마음먹은 이상, 최선을 다해 좋은 기록을 내서 가와무라와 다른 친구들에게 좋은 모습을 보이고 싶었다.

"지금 하야토는 이런 식으로 달리고 있어."

이제 나의 코치가 된 레이카 코치님은 스마트폰으로 내가 달리는 모습을 찍어 보여 주면서 말했다.

재생되는 화면을 보니 나는 달리기를 할 때 다리만 앞으로 내밀고 상반신을 뒤로 젖히고 있었다. 본래 달리기 자세는 몸을 앞으로 숙이는 형태가 되어야 하는데, 나는 반대로 몸을 뒤쪽으로 기울이고 있었던 것이다. 이건 스스로도 신경 쓰고 있는 문제였다.

"이건 의족 달리기라고 해서, 의족을 착용하는 사람에게서 자주 보이는 습관이야. 앞으로 튀어 나가려고 하는 스포츠 의족의 힘에 상반신이 따라가지 못해서 다리만 앞서서 나오는 거지."

레이카 코치님이 이렇게 나의 달리기를 분석해 주었다.

"이 자세를 개선하려면, 코어 트레이닝이 필요해."

영상을 꼼꼼히 체크하던 코치님은 여기에 덧붙여 말했다.

"하야토는 달릴 때 아직 의족에게 달리기를 시킨다는 느낌이지? 의족과 하나가 되어 달릴 수 있어야 진짜라고 할 수 있어."

레이카 코치님의 눈은 평소보다 엄격했다. 지금까지와는 다른, 지도자의 눈빛으로 바뀌어 있었다. 나 역시 바라던 바다. 스타트 대시 도쿄에 참가하고부터 지금까지는 순조롭게 전진할 수 있었다. 너무 순조롭나 싶을 정도였다. 하지만 어느 정도 수준에 도달하자 그 이상 기록을 단축하기는 정말 쉽지 않았다. 아마 앞으로도 계속 그럴 것이다. 패럴림픽을 향하는 길은 포장도로가 아니라 울퉁불퉁할 것이고, 오르막 내리막도 계속 나올 것이다. 그런 험한 길을 가혹한 훈련으로 헤치며 나아갈 수밖에 없다.

이날부터 나는 레이카 코치님의 지시에 따라 평상시 훈련할 때보다 반복 횟수를 늘렸다. 거기에 코어 트레이닝과 상반신 근력 운동까지 추가되었다. 나는 절대 뒤처지지 않겠다며 기합을 넣었지만, 몸이 따라 주지 않았다. 마지막에는 녹초가 되어 풀썩 쓰러졌다.

"후후, 벌써 지쳤어? 패럴림픽으로 가는 길은 쉽지 않다고."

"정말 그렇네요."

트랙 옆 잔디밭에 쓰러진 나에게 코치님이 스포츠 음료를 건네주었다.

"고맙습니다."

몸을 일으켜 음료를 들이키자 시원한 수분이 온몸 구석구석에 스며들었다.

'아, 맛있다.'

지쳤을 때 마시는 스포츠 음료는 정말 꿀맛이다. 오늘은 집에 돌아가서 느긋하게 몸을 쉬어야겠다고 생각한 순간이었다.

"자, 이거. 마지막으로 줄넘기를 해 볼까?"

"네? 아직 할 게 남았어요?"

"그렇게 노골적으로 싫은 얼굴은 하지 말아 줄래?"

"그렇지만 너무 힘들어서 다리가 올라가질 않는단 말이에요."

"하긴 오늘은 이제 시간도 다 됐으니까, 숙제로 내 줄게."

"숙제라고요?"

"일단 일어서 봐."

나는 지친 몸뚱어리를 억지로 일으켜 세웠다. 그리고 레이카 코치님에게서 줄넘기를 받아 들었다.

"자, 우선 왼발만으로 뛰어 봐."

레이카 코치님이 내 준 숙제는 건측 다리로 한 발 줄넘기를 뛰는 것이었다.

이 정도는 여유롭게 할 수 있다. 평소에 집에서는 의족을 착용하지 않고 한 발로 뛰어서 이동하는 경우도 많다. 건측인 왼다리라면 한 발 줄넘기 정도는 얼마든지 할 수 있다.

"오오, 잘하는데?"

10번 정도 뛰었을 때 레이카 코치님이 말했다. 하지만 지쳐 있던 참이라 30번 정도 뛰었더니 다리가 올라가지 않아 줄에 걸렸다. 그래도 뭐, 처음엔 다 이런 정도 아닐까?

"자, 그럼 다음은 반대쪽."

"네? 스포츠 의족으로 줄넘기를 하는 건가요?"

"응. 그게 메인이야."

"이런, 할 수 있으려나?"

의족으로 과연 줄넘기를 할 수 있을까? 의족으로는 줄 없이 점프만 하는 것도 제법 신경을 써야 한다. 그런데 줄넘기를 하라니……. 머뭇거리면서 일단 시도해 봤지만, 금방 리듬이 어긋나 균형을 잃고 휘청거렸다.

"이것 봐, 의족이 너를 가지고 놀고 있잖아. 어렵지? 자, 그럼 왼발로 100번, 오른발로 100번 뛸 수 있게 연습해 올 것. 그게 숙제야!"

"100번이나요? 그렇게는 도저히 못해요."

"자자, 연습도 해 보지 않고 그런 약한 소리 하는 거 아니야!"

"그러는 코치님은 뛸 수 있어요?"

"물론이지."

레이카 코치님은 여유롭게 웃어 보이더니 대퇴의족으로 솜씨 좋게 한 발 줄넘기를 뛰어 보였다.

"자, 나도 할 수 있으니까 하퇴의족인 하야토는 더 쉽게 할 수 있을 거야."

이렇게 눈앞에서 보여 주니 더 이상 변명도 할 수가 없었다.

"……알겠습니다. 해 볼게요. 100번 넘으면 되는 거죠?"

"좋아. 그럼 다음 주 일요일까지 열심히 해 봐."

지금은 10번도 넘기 힘든데, 일주일 만에 의족으로 줄넘기 100번을 뛸 수 있을까? 불안했지만 반드시 해내겠다고 기합을 넣었다.

***

다음 일요일까지 한 발 줄넘기 100번을 성공해야 한다.

나는 매일 방과 후에 후지미다이 공원에서 자율 연습을 했다.

건측인 왼발은 몇 번 연습했더니 첫날인 월요일부터 바로 100번을 뛸 수 있었다. 하지만 오른발로 바꾸면 완전히 엉망이 되었다.

일단 줄넘기를 내려놓고, 줄 없이 공중 줄넘기를 해 보았다.

'26, 27, 28……, 아, 또 실패다.'

줄 없이 뛰는데도 도중에 휘청거려서 자꾸 건측 다리를 딛게 된다. 기껏해야 30번 전후가 한계였다. 지금은 줄을 넘는 게 문제가 아니다. 우선은 한 발로 연이어 점프할 수 있어야 한다.

레이카 코치님은 전후좌우로 흔들리지 않고 같은 위치에서 뛰어야 한다고 요령을 가르쳐 주었다. 그 말을 떠올리고 나는 흙 위에 원을 그렸다. 그 원에서 벗어나지 않도록 주의하며 의족으로 점프해 보았다. 하지만 아무리 조심해도 몇 번 뛰다 보면 의족이 원 밖으로 삐져 나가 버렸다. 즉 수직으로 뛰지 못하고 있다는 뜻이다. 스포츠 의족에 똑바로 힘이 가해지지 않아서 앞이나 오른쪽으로 기울어 휘청거렸다. 어떻게 하면 수직을 유지할 수 있을까? 시행착오를 겪는 동안 시간이 흘러갔다.

시간은 지나가는데, 여전히 성공은 멀기만 했다. 이대로는 도저히 일요 연습 때까지 성공하지 못할 것 같아 눈앞이 캄캄하던 목요일의 일이었다.

학교에서 가와무라가 말을 걸어왔다.

"하야토, 혹시 저녁에 후지미다이 공원에서 훈련하고 있지 않아?"

"어? 어떻게 알았어?"

"역시 그랬구나! 우리 아빠가 어제 회사에서 돌아오는 길에 봤다고 하시더라고. 의족으로 줄넘기 연습을 하는 아이가 있었다고 말이야. 그래서 하야토가 아닐까 싶었어."

가와무라가 눈웃음을 지었다.

"렌이랑 같이 연습하는 거 보러 가도 돼?"

생각지도 못한 말에 당황하고 말았다.

"어? 아, ……하지만 달리기 연습은 아닌데. 줄넘기하는 것뿐이라서."

"뭐든 상관없어. 달리는 모습을 보고 싶은 게 아니라 하야토가 열심히 노력하는 모습을 보고 싶은 거니까."

가와무라는 그렇게 말하더니 내 얼굴을 빤히 바라보았다.

"어, 으응……."

그 얼굴이 너무 예뻐 보여서 나는 버티지 못하고 서둘러 눈을 피했다. 그리고는 그대로 눈을 피한 채 대답했다.

"주, 줄넘기라도 괜찮다면 보러 오는 건 상관없어. 그, 그러니까 보통 저녁 먹고 7시 정도부터 연습하고 있어."

"알겠어! 나중에 보자."

가와무라의 웃는 얼굴이 너무 눈부셔서, 축 처져 있던 기분이 순식간에 의욕으로 가득 찼다. 누군가를 좋아한다는 건 이렇게 힘이 되는 일이구나. 그렇게 생각하자 갑자기 부끄러워져서 혼자 얼굴을 붉혔다.

***

금요일, 남은 이틀 안에 어떻게든 줄넘기 100번을 성공해야 한다. 혼자서 묵묵히 줄넘기와 씨름하다 보니 가와무라와 렌이 공원으로 들어오는 모습이 보였다.

"아, 가와무라! 렌!"

이름을 부르자 가와무라는 웃는 얼굴로 손을 흔들어 보였지만, 여전히 렌은 부루퉁한 얼굴로 고개를 대충 끄덕일 뿐이었다. 하지만 가와무라를 따라서 보러 온 걸 보면 어쩌면 렌도 달리는 데 흥미를 느꼈을지도 모른다.

"렌, 잘 지냈어?"

"……네. 저어……."

렌이 무언가를 말하고 싶은 듯이 보여서 내가 되물었다.

"왜? 할 말 있어?"

"아뇨……. 저기……, 왜 줄넘기 연습을 하는 거예요?"

"아, 바른 자세로 달리기 위해서 필요한 훈련이야. 줄넘기는 코어도 단련할 수 있고, 의족에 체중을 싣는 감각을 잡는 데도 도움이 된다고 코치님이 그러셨어. 그래서 스포츠 의족을 착용한 발로 한 발 줄넘기를 100번 뛸 수 있게 되는 게 숙제야."

"아……, 그렇구나……."

작게 중얼거리는 목소리는 여전했지만, 그래도 조금이라도 흥미를 보이는 것 같아 기뻤다.

"방해해서 미안해. 연습 계속해. 우리는 여기서 보고 있을게."

"응."

나는 연습으로 돌아갔다. 둘에게 멋진 모습을 보여 주고 싶었다.

하지만 여전히 쉽지 않았다.

스포츠 의족으로는 아무리 연습해도 도중에 걸리고 만다. 가장 많이 뛰었을 때도 41번이 고작이었다. 하지만 그런 내 모습을 가와무라와 렌은 질리지도 않는지 계속 지켜보고 있었다.

한 시간 정도 지나자, 더 이상 다리가 올라가지 않을 지경이 되어 잠시 쉬기로 했다.

가와무라와 렌이 앉아 있는 벤치에 나도 나란히 앉았다. 땀을 닦고 있는 나에게 가와무라가 가방에서 물이 담긴 페트병을 꺼내 건네주었다. 집에서부터 준비해서 가져와 주다니, 그 마음 씀씀이가 고마우면서도 미안한 기분이 들었다.

"미안해. 계속 실패하는 모습만 보여 주고 있네."

"어려운 과제에 도전하는 중이니까 당연한 거야."

"그렇기는 하지만……."

"괜찮아. 나는 하야토가 100번 뛸 수 있게 될 거라고 믿으니까."

"믿는다고?"

"응. 하야토는 한 번 정한 목표는 꼭 달성하는 사람이니까. 초등학교 때부터 그랬잖아? 운동회 때도 계주에서 우승하겠다고 하더니 정말 우승했고. 그러니까 할 수 있을 거라고 믿어."

가와무라는 똑바로 나를 보며 말했다.

나도 피하지 않고 눈을 맞췄다.

사실 항상 한 번 뱉은 말을 꼭 지키면서 살아온 것은 아니다. 좌절할 때도 많았다. 하지만 이번에는 할 수 있을 거라는 생각이 들었다. 꼭 성공해서, 가와무라의 말대로 한 번 정한 목표는 반드시 이루어 내는 사람이 되고 싶었다.

가와무라의 말에 기운을 얻어서 나는 한 번 더 뛰어 볼까 하고 자리에서 일어섰다.

그때 렌이 입을 열었다.

"저기······."

"응? 왜?"

"시선을 좀 더 올리는 편이 좋을 것 같아요. 계속 아래를 보고 뛰니까 균형이 잘 안 잡히는 것 같아서요."

"어, 그래?"

"아, 아니, 혹시나 해서······."

생각지도 못한 지적이었다.

그러고 보니 지금까지는 지면에 그려 놓은 원에서 벗어나지 않으려고 신경을 쓰다 보니 계속 아래쪽만 보면서 뛰었던 것 같다. 그래서 몸이 앞쪽으로 기우니까 균형을 잡기가 힘들었는지도 모른다. 렌의 말은 내가 생각해도 분명 납득이 가는 부분이었다.

"고마워. 아래를 보지 않고 한번 해 볼게."

나는 렌의 말대로 한번 해 보자고 생각하며 다시 연습을 시작했다.

'시선, 시선을 위로 올려서······.'

시선이 아래로 향하지 않도록 주의를 기울였다. 그리고 수직으로 뛰려고 애썼다.

"38, 39, 40, 41, 42, 43······ 앗!"

43번에서 걸렸다.

하지만 지금까지의 최고 기록이다. 렌의 충고는 옳았다.

"굉장하다! 렌! 네 말대로 했더니 최고 기록이야!"

실제로 느낌이 좋았다. 고개를 들고 의식적으로 앞을 보려고 했더니 몸이 쭉 펴져서 코어에 힘이 들어간다는 느낌이 들었다. 이대로만 계속하면 100번을 넘길 수 있을 거라는 예감에 나는 몇 번이고 다시 뛰었다.

"76, 77, 78, 79······."

어느새 가와무라와 렌은 내 쪽으로 가까이 다가와서 뛴 횟수를 함께 세어 주고 있었다.

"아, 젠장!"

"다 왔는데 아깝다. 조금만 더 힘내!"

"똑바로 잘 뛰고 있어요. 이대로!"

실패해도 응원해 주는 사람이 있다. 정신을 차려 보니 밤 9시가 지나서 슬슬 집에 가야 할 텐데 싶었지만, 포기하고 싶지 않았다. 몸은 녹초가 되었지만, 한 번만 더.

그리고, 드디어······.

"97, 98, 99, 100!"

가와무라와 렌의 목소리가 깜깜해진 공원에 울려 퍼졌다.

"100!"이라는 소리를 듣는 순간 힘이 쭉 빠진 나는 땅바닥에 그대로 뻗어 버렸다.

"성공했다……!"

하늘에는 별이 반짝이고 있었다.

"하야토, 성공했어!"

"만세! 정말 대단해요."

흥분한 기색의 가와무라와 렌이 다가와 바닥에 드러누운 내 얼굴을 들여다봤다. 나는 일어나서 두 사람과 얼굴을 마주했다. 이 둘이 나에게 힘을 줬기 때문에 할 수 있었다.

"덕분에 해냈어."

"우리는 뭐 한 게 없는데……."

"응원해 줬잖아. 덕분에 힘이 났어."

우리 셋은 얼굴을 마주 보며 웃었다.

11
불안

"숙제를 얼마나 잘해 왔나 한번 볼까?"

스트레칭을 끝낸 나를 향해서 레이카 코치님이 말했다.

나는 별말 없이 씩 웃었다. 물론 뛸 수 있다는 자신이 있었기 때문이다.

학교에 안 가는 날인 어제도 하루 종일 후지미다이 공원에서 연습한 결과, 한 발 줄넘기 100번을 이제 어렵지 않게 해낼 수 있게 되었다. 그렇게 연습을 했으니까, 오늘도 여유롭게 뛸 수 있을 것이다.

나는 코치님에게 성과를 자랑하고 싶은 마음에 얼른 일어나 줄넘기를 손에 들었다.

"자신만만한데? 어디 한번 볼까?"

"기대해 주세요."

나는 크게 심호흡을 하고 뛰기 시작했다. 먼저 건측인 왼발로 100번.

"1, 2, 3, 4, 5……."

거침없이 숫자가 올라간다.

"51, 52, 53, 54……."

스타트 대시 도쿄의 멤버들이 뭘 하나 하고 모여들기 시작했다. 나를 둥글게 둘러싸고 지켜보면서 다 함께 입을 모아 숫자를 세어 주었다.

"97, 98, 99, 100!"

"좋아! 100번 성공!"

100번 뛰기를 마치고 헉헉 숨을 몰아쉬는 나를 향해 코치님이 미소를 지었다.

"왼발로는 얼마든지 할 수 있지. 문제는 오른발인데 말이야."

"맡겨만 주세요."

나는 스포츠 음료로 목을 축이고 호흡을 가다듬은 뒤 크게 심호흡을 하고 오른발로 줄넘기를 시작했다.

"1, 2, 3, 4, 5……."

사람들이 더 많이 모여들어 나를 둘러싼 원이 점점 커졌다.

"51, 52, 53……."

어느새 스타트 대시 도쿄 멤버들이 거의 다 모여서 나를 지켜보고 있었다. 그 중에는 곤도 아저씨의 모습도 보였다. 이 많은 사람들이 보고 있다고 생각하니 긴장감도 느껴졌다. 하지만 지금의 나라면 할 수 있다. 힘내, 조금만 더 버텨, 이렇게 스스로를 격려하며 스포츠 의족에 힘을 주어 뛰었다.

"97, 98, 99, 100!"

주위에 모인 사람들이 큰 박수와 환호성을 보냈다. 숙제였던 한 발 줄넘기 100번을 양발로 다 해내는 데 성공했다.

"하야토, 굉장해!"

코치님이 탄성을 뱉었다.

"이렇게 쉽게 해낼 줄은 몰랐어!"

"네? 하라고 숙제로 내 주신 거잖아요?"

"그러긴 했지만, 사실은 말이야……."

알고 보니 코치님은 줄넘기를 숙제로 내 주기는 했지만, 일주일 만에 할 수 있을 거라고는 생각하지 않았다고 했다. 한 달 안에는 가능하려나 정도로 생각했다는 것이다.

"그러면 그렇게 말씀해 주셨어야죠. 제가 얼마나 고생했는지 아세요?"

"뭐 어때, 좋잖아. 그만큼 다음 훈련으로 빨리 넘어갈 수 있으니까."

"그건 그렇지만요……."

나와 코치님이 이야기를 나누고 있는데, 곤도 아저씨가 끼어들었다.

"하야토, 정말 대단하구나. 이렇게 씩씩해지다니 몰라보겠어."

곤도 아저씨는 감동했는지 눈에 눈물이 그렁그렁했다.

"그렇죠? 하야토가 얼마나 열심인지 몰라요! 그러니까 곤도 씨도 의족 조정 잘해 주세요."

"그건 맡겨만 주세요! 나도 의욕이 활활 타오르니까."

그 후 나는 곤도 아저씨에게 의족 조정을 받았다.

곤도 아저씨는 스타트 대시 도쿄의 모임에 정기적으로 참여하면서 멤버들의 의족을 관리해 주고 있다. 거의 매주 만나서 신경 쓰이는 점을 물어볼 수 있어서 최근에는 의족의 상태가 굉장히 좋다. 발을 딛을 때 기울어지는 듯한 느낌이 있다고 말하면 의족의 각도를 조절해 주고, 무릎 부분이 너무 조여서 구부리기 힘들다고 하면 소켓의 종아리 부분을 깎아 내서 여유롭게 만들어 준다. 스포츠 의족을 사용하는 사람으로서 더할 나위 없이 좋은 환경이다.

"자, 그럼 오늘은 스타트 연습을 해 볼까?"

내가 스포츠 의족의 조정을 끝내고 나오자 코치님이 말했다.

"스타트 연습이요?"

"응, 하야토는 의족을 쓰면서부터 스탠딩 스타트만 하고 있지? 대회에 나갈 거라면 크라우칭 스타트를 하는 편이 좋거든. 스포츠 의족을 쓰는 사람이 하는 방식이 있으니까 가르쳐 줄게."

"네, 알겠습니다!"

나는 코치님의 말에 씩씩하게 대답하며 지도를 받았다.

스타팅 블록을 사용할 때는 의족을 뒤쪽으로 두고 건측 다리를 앞으로 두는 편이 좋다고 한다. 몇 가지 이유가 있는데, 가장 중요한 이유는 스포츠 의족의 길이 때문이다. 스포츠 의족의 의지발은 움츠러들었다가 펴지면서 반발력을 내야 하기 때문에 건측 다리보다 길다. 그래서 의족을 앞쪽으로 두면 움직이기가 불편할 수밖에 없다.

뿐만 아니라 출발 직후의 첫 한 발을 반발력이 있는 의족으로 밀어내면서 뛰어야 빨리 최고 속도로 올릴 수 있다고 한다.

"준비! 출발!"

스타트 직후는 자세가 불안정하다 보니, 첫 한 발째를 스포츠 의족으로 박차고 나오는 것이 꽤 어려웠다. 나는 코치님의 지도를 받으며 여러 번 반복해서 연습했다.

***

대회를 앞두고 레이카 코치님의 지도는 완전히 실전 모드에 돌입했다.

가끔 코치님이 나를 패럴림픽 선수라고 착각하는 건 아닌가 싶을 때가 있을 정도로 엄격한 지도가 이어졌다. 하지만 그것도 내가 활약하기를 진심으로 바라는 마음이라고 생각하면 감사하게 여기게 된다.

연습도 주 1회에서 주 2회로 늘렸다. 훈련 프로그램의 내용도 속도를 더 올리기 위한 기술을 습득하는 쪽으로 바뀌었다.

이를테면 앞을 향해 한 걸음씩 크게 점프하면서 뛰어가는 바운딩(Bounding) 훈련이 있다. 이때 의족으로 점프할 때마다 몸이 좌우로 흔들려서 미세하게 지그재그로 움직인다는 지적을 받았다. 앞을 향해 일직선으로 점프할 수 있도록 연습을 반복했다. 덕분에 쓸데없는 움직임이 줄어 기록이 조금 빨라졌다.

또 달릴 때 팔을 더 크게 휘두르라는 지적도 받았다. 이것은 팔 근육을 강화하는 운동으로 개선했다. 이렇게 훈련 내용은 육상부에서 달릴 때에 버금가게, 아니 그 이상으로 힘들었다. 그래도 열심히 따라갈 수 있었던 것은 응원의 힘 덕분이었다.

가와무라와 렌은 자주 연습을 보러 찾아와 주었다.

"오늘은 내가 도시락을 만들어 왔어."

가와무라는 의기양양하게 도시락 꾸러미를 내밀었다.

"뭐? 정말?"

"응. 저번에 연습하는 날은 편의점 도시락을 먹을 때가 많다고 했잖아. 그건 건강에 별로 좋지 않을 것 같아서. 역시 육상 선수는 먹는 것도 중요하잖아? 그래서 닭가슴살이랑 삶은 달걀에 브로콜리하고……."

"이건 완전히 근육 만드는 메뉴 아니야?"

"어? 그러면 안 돼?"

"아니, 괜찮긴 한데……. 계란말이나 문어 소시지 같은 좀 귀여운 메뉴가 아닐까 생각했거든."

"에이, 무슨 소리야! 지금은 귀여운 것보다 강해지는 게 우선이지! 패럴림픽 선수가 되려면 이 정도는 먹어야 해."

"스파르타식이네."

이렇게 가와무라와 장난치면서 이야기하는 것이 즐거웠다.

학교에서는 유키가 응원해 주었다.

"요새 대회 준비 열심히 하고 있다며? 가와무라에게 들었어."

"아아, 응. 육상을 다시 제대로 시작해 보려고 생각 중이라서."

"육상을 다시 시작한다고? 정말로?"

"응, 진심이야!"

"진짜 대단하다. 나 지금 너무 기뻐. 열심히 해, 나도 응원할게!"

"응, 고마워!"

쇼타와 다케시, 다른 육상부 멤버들도 복도에서 마주치면 말을 걸어온다.

"야, 하야토!"

"이번 일요일에 시영 경기장 가니?"

육상부 친구들과도 웃으며 이야기를 나눌 수 있게 되었다.

가족들의 분위기도 바뀌었다. 내가 육상부를 그만둔 뒤로 엄마, 아빠는 가능한 육상에 대해서는 언급하지 않으려 했었다. 그런데 이제 아빠는 눈만 마주치면 육상에 대해 물어보신다. 엄마도 굉장히 기대가 되는지, 훈련하느라 에너지를 쓰는 만큼 더 잘 먹어야 한다며 저녁밥의 반찬 가짓수가 늘어났다.

이렇게 순조롭게 흘러가도 되는 걸까. 스타트 대시 도쿄에 들어가고부터는 모든 일이 술술 풀리는 느낌이다. 솔직히 이렇게까지 일이 잘 풀리면 반대로 불안한 기분이 들기도 한다.

그날 오후에도 나는 연습 모임에 참가하고 있었다.
"하야토, 나 기록 좀 재 주지 않을래?"
갑자기 코치님이 말을 꺼냈다.
"네?"
"하야토가 달리는 걸 보다 보니까 자극을 받아서 나도 달리고 싶어졌어."

내가 나가기로 한 도쿄 패러 육상 대회는 초보자부터 상급자까지 모두 참가할 수 있는 대회다. 내가 출전할 때 가까이에서 봐 줄 생각이었는지, 몇 년 전에 일선에서 물러난 레이카 코치님도 대회 참가 신청을 해 둔 상태였다. 그런데 젊은 사람들 틈에서 실력을 시험해 보고 싶다는 생각이 갑자기 들었다고 한다. 나는 이제까지 코치님이 전력으로 달리는 모습을 한 번도 본 적이 없었다.

"100미터를 전력 질주로 달리실 거예요?"
"당연하지. 기록을 잴 거니까."

나는 코치님의 전력 질주가 무척 기대되었다. '나에게 그렇게 스파르타식 지도를 할 정도니까 당연히 빠르겠지' 하는 짓궂은 생각도 슬며시 떠올랐다. 그러나 나는 곧 입이 떡 벌어지는 광경을 목격하게 된다.

레이카 코치님이 스타트 라인에 섰다.

그 순간 경기장에 짜릿한 긴장감이 흘렀다. 스타트 대시 도쿄의 멤버들이 하나둘 트랙에 모여들었다. 레이카 코치님의 전력 질주를 보는 것은 다들 오랜만일 것이다. 모두 숨을 죽이고 레이카 코치님에게 시선을 고정했다. 골라인을 바라보는 코치님의 얼굴은 진지함 그 자체였다.

"제자리에!"

레이카 코치님이 크라우칭 스타트 자세를 취했다.

"준비!"

호령에 따라 허리를 들어 올렸다.

삑!

호루라기 소리와 동시에 레이카 코치님이 달려 나갔다.

대퇴의족을 크게 앞으로 뻗으며 한 발 한 발 힘차게 전진했다.

순식간에 내 눈앞까지 다가왔다.

아무도 나에게 접근할 수 없다, 아무도 나를 방해할 수 없게 하겠다는 강인함이 느껴졌다.

거기에 레이카 코치님의 세계가 있었다.

혼자서 거대한 적에게 맞서는 강인함이 느껴졌다.

야마나카 선수와도 조금 다른 인상이다.

처음 야마나카 선수가 달리는 모습을 봤을 때, 나는 순식간에 그 세계에 매료되었다. 스포츠 의족이 완전히 몸의 일부가 되어서 한 치의 오차도 없이 제 기능을 발휘하는 아름다운 모습이었다. 야마나카 선수가 결승선을 통과하자 온 경기장을 뒤흔들 정도의 박수 갈채가 쏟아졌다. 그것은 스포츠 의족으로 달리는 장애인에 대한 박수가 아니라, 육상 선수 야마나카를 향해 경의를 표하는 박수였다.

야마나카 선수와는 다른 느낌이었지만, 레이카 코치님의 전력 질주 역시 보고 있는 나를 매료시켰다. 아름다웠던 야마나카 선수의 달리기와는 대조적인, 앞을 가로막는 것을 모두 꺾어 버리겠다는 힘찬 레이카 코치님의 달리기. 야마나카 선수가 영양이라면, 레이카 코치님은 마치 코뿔소 같았다.

역시 얼마나 멋있는지 모른다. 달리기는 정말 대단하다.

레이카 코치님의 달리기를 보고 나는 그걸 다시 한번 느꼈다.

"골!"

나는 스톱워치를 보고 크게 외쳤다.

"17초 53!"

100미터를 모두 달린 레이카 코치님을 향해 다가갔다. 코치님은 하아! 하아! 크게 어깨로 숨을 쉬면서 나를 향해 엄지를 세워 보였다.

"하아…… 하아…… 현역 시절보다는 늦지만, 그래도 아직은 그럭저럭 쓸 만하지?"

"빨라요! 순식간에 제 눈앞을 지나가던 걸요."

나는 흥분해서 대답했다.

사실 레이카 코치님의 기록은 하퇴의족 사용자인 나보다는 늦었다. 17초 53의 기록이 대퇴의족 여자 100미터 기록에서 어느 정도 순위인지는 모른다. 하지만 내 앞을 지나가던 코치님의 압도적인 에너지에 나는 감동했다. 육상에서 빠르기란 숫자만으로 나타나는 것이 아니다. 때로는 아름다움이, 때로는 강인함까지도 포함되는 개념이다. 그것을 배웠다는 기분이었다.

"이것도 레이카 씨의 최고 기록보다는 2초 정도 늦은 거야."

다마키라는 스타트 대시 도쿄의 선배 멤버가 나에게 가르쳐 주었다.

"정말요? 굉장하다!"

"당연하지. 누가 뭐래도 레이카 씨는 한때 일본 기록 보유자였으니까."

"뭐라고요?"

그렇게 대단한 사람에게 내가 코치를 받고 있었단 말인가. 그렇게 생각하자 기쁘면서도 또 죄송한 기분이 들었다.

"어쩐지 죄송해요."

"응?"

"그러니까, 저 같은 초보자를 코치해 주셔서······."

"무슨 소리야?"

호흡을 가다듬은 레이카 코치님은 이상하다는 듯이 내 쪽을 보았다.

"알고 보니, 코치님 일본 기록 보유자였다면서요. 그렇게 대단한 분이 이제 간신히 달리기 시작한 저 같은 애를 지도해 주시다니, 뭐랄까 재능 낭비 같다는 생각이 들어서요. 좀 더 훌륭한, 현역 패럴림픽 선수라든가 그런 선수를 가르치셔야 되는 거 아닐까 싶어서······."

"무슨 소리니. 하야토도 훌륭한 선수인걸."

"듣기 좋은 말 해 주시지 않아도 돼요. 코치님답지 않으니까요."

"듣기 좋으라고 하는 말이 아니야. 나는 하야토가 뛰어난 선수가 될 거라고 생각해."

불안 207

"또 그런 말을……."

"정말이야."

"거짓말하지 마세요."

"정말이야! 근거가 있는걸."

"근거요?"

코치님은 진지한 눈빛으로 나를 보면서 말했다.

"내가 왜 하야토에게 달리기를 가르치려고 마음먹었는지 아니?"

"그건…… 곤도 아저씨가 부탁하셔서 그런 거 아닌가요?"

"그것만은 아니야."

코치님이 무슨 말을 하려는 건지 나는 이해가 되지 않았다.

"그러면 왜……."

내 말이 채 끝나기 전에 코치님이 말했다.

"곤도 씨가 의족을 쓰기 전의 하야토가 달리는 모습을 보여 주셨거든."

"네? 어떻게요?"

"하야토의 아버지가 곤도 씨에게 영상을 보내 주셨다더라고. 나도 그걸 본 거야."

그러고 보니 아빠와 곤도 아저씨는 종종 연락을 주고받는 것 같았다. 내가 육상부를 그만뒀을 때 걱정이 된 아빠가 곤도 아저씨에게 조언을 구했을지도 모른다. 아마 그때 영상을 보냈을 것이다.

"그 영상을 보는데 '아, 이 아이는 달리는 것을 굉장히 좋아하는구나' 하는 게 느껴졌어. 부러울 정도로 달리는 것밖에 모르는 아이로구나 하고 말이야. 그런데 이 아이가 달리기를 더 이상 못하게 되면 어떻게 될까 걱정이 됐어. 그래서 곤도 씨에게 부탁해서 스타트 대시 도쿄의 모임에 데려와 달라고 했던 거야. 한번 만나 보고 싶다고 말이야."

"그때 전, 정말 달릴 수 있을지 확신이 안 서서, 곤도 아저씨께······."

"상담했었지?"

"네······."

곤도 아저씨의 작업실에 찾아가서 의족으로도 정말 달릴 수 있는지 물었던 적이 있다. 그래서 곤도 아저씨가 레이카 코치님에게 조언을 구하려고 했던 것이었다.

"이렇게 달리는 것을 좋아하는 아이가, 달리기를 그만두지 않았으면 좋겠다고 생각했어. 하야토를 만나서 더 알게 될수록 달리기를 가르치고 싶다는 생각이 들더라."

몰랐다.

어쩌다 보니 곤도 아저씨의 권유로 끌려온 나에게, 어쩌다 보니 레이카 코치님이 달리기를 가르쳐 주게 되었다고만 생각했었다. 하지만 사실은 달랐다.

"그러니까 하야토는 곧 나보다도 훨씬 뛰어난 선수가 될 수 있을 거야."

"그럴 리가요."

겸손이 아니라 나에게는 도저히 무리라는 생각이 들었다.

바로 얼마 전에 패럴림픽에 나가겠다고 선언했던 나 자신이 참 한심하기 짝이 없었다. 패럴림픽에 나가려면 일본 최고 기록에 근접할 정도로는 달려야 한다. 내가 레이카 코치님을 뛰어넘는 선수가 된다니, 미리 선을 그어서는 안 된다는 건 알지만, 내 눈으로 직접 본 코치님의 달리는 모습이 너무나 압도적이어서 도저히 내가 해낼 수 있을 것 같지 않았다.

야마나카 선수의 달리기를 봤을 때는 나도 저렇게 되고 싶다고 생각했다.

하지만 지금은 나 역시 달리는 사람으로서, 야마나카 선수나 레이카 코치님의 수준으로 달리는 것이 얼마나 어려운지를 조금은 알게 되었다. 마음속에 작은 두려움이 싹텄다.

그런 나를 코치님은 진지한 얼굴로 바라보며 말했다.

"달리기를 좋아하는 것이 가장 중요해. 더 빨리 달릴 수 있게 해 주는 원동력이 되니까. 그래서 나는 믿고 있어. 하야토는 나를 훌쩍 뛰어넘어 분명 세계에서 활약하는 선수가 될 거라고."

"믿고 있다고요……?"

"응, 믿어."

"그 정도는 아니에요."

"과연 그럴까? 뭐 어때. 그보다 이번엔 하야토 차례야. 기록을 재 보자."

"아, 네."

코치님에게 스톱워치를 건네고 나는 스타트 라인으로 향했다.

출발 위치에 섰다. 스타팅 블록에 발을 올리고 크라우칭 스타트 자세를 취했다. 삑! 호루라기 소리와 함께 나는 달려 나갔다.

바람이 뺨을 스쳤다. 아, 기분 좋다.

나도 질 수 없다. 지금 내 최고 기록은 15초대에 막 들어선 참이다. 일본에서 탑 클래스에 속하는 하퇴의족 선수는 11초대를 달린다. 당장은 무리더라도 가능한 빨리 그 수준에 접근하고 싶다. 이런 데서 망설일 때가 아니다. 연습 경기더라도 기록을 잴 때마다 꾸준히 갱신해야 조금이라도 가능성이 있다. 50미터를 지났을 즈음 나는 속도를 더 올리려고 다리에 더 힘을 실었다. 그 순간 오른 다리의 의족이 어디에 걸리는 느낌이 들더니, 다리가 따라오지 못하고 내 몸은 강하게 앞으로 나뒹굴었다.

"하야토!"

깜짝 놀란 사람들의 목소리가 들리더니, 코치님과 곤도 아저씨, 그리고 다른 멤버들이 내 쪽으로 달려왔다.

"하야토, 괜찮니?"

나는 몸을 일으켰다. 부딪힌 곳이 아프긴 했지만 다행히 다리를 삐거나 큰 상처를 입진 않은 것 같았다.

"괜찮아요."

그렇게 말하며 일어서려 하는 나를 곤도 아저씨가 말렸다.

"심하게 부딪혔으니까 의족에 금이 가지는 않았는지 살펴보는 게 좋겠다. 여기에서 일단 벗길게."

그러고는 곤도 아저씨가 의족을 벗겨 주었다.

"다치지는 않은 것 같아서 다행이야. 이렇게 성대하게 넘어질 줄이야."

코치님이 웃으며 말했다.

"그러게 말이에요. 이렇게 넘어진 게 얼마 만인지 모르겠어요. 언제 그랬더라."

그렇게 대답하다가 문득 생각이 났다.

그때 이후 처음이다.

육상부에서 후배의 부추김에 넘어가 100미터를 달리려고 했던 그때.

그때도 넘어진 것은 50미터를 막 넘어선 즈음이었다.

"자, 다 벗겼다. 하야토, 벤치까지는 한 발로 뛰어서 가야겠구나."

곤도 아저씨가 말했다.

"네, 감사합니다."

그렇게 대답하며 오른 다리를 바라보았다.

오른 다리의 절단면이 드러나 있었다.

그때와 마찬가지로.

***

금세 대회 당일이 되었다.

경기장은 환호성으로 가득 찼다. 내가 등장하자 관중들의 열기는 더욱 뜨거워졌다. 환호성을 듣는 순간, 불안감은 자취를 감췄다. 오히려 마음속 깊은 곳으로부터 자신감이 솟아났다.

나는 어려서부터 그랬다. 한 번 정한 목표는 반드시 해냈다. 이번에도 분명 그럴 것이다. 여유롭게 1위를 하고, 대회 신기록을 세우며 우승할 것이다. 그게 이번에 내가 정한 목표니까.

함성 소리를 가슴에 가득 채우고 나는 출발 위치에 섰다.

크라우칭 스타트 자세를 취하고, 스포츠 의족을 스탠딩 블록에 올려놓았다. 스포츠용 의지발이 휘어지며 팽팽한 탄성이 느껴지는 순간, 내 최고 기록이 나올 것 같다는 예감이 들었다.

탕! 스타트를 알리는 총성이 울림과 동시에 나는 오른발을 강하게 박찼다. 최고의 스타트를 끊은 나는 지면과 평행하게 숙였던 상체를 서서히 세우며 속도를 올렸다. 양팔을 한껏 휘두르자 다리가 고속 회전을 시작했다. 스포츠 의족이 힘차게 튕기며 나의 몸을 앞으로 밀어냈다.

의족이 이렇게 내 다리처럼 느껴진 것은 처음이다.

'가자! 지금의 나라면 갈 수 있어!'

코스 중간 지점을 지나 경기장의 열기가 최고조에 달한 순간이었다.

"……윽!"

갑자기 오른 발목에 심한 통증이 느껴졌다.

"아야, 아야야……. 아파! 너무 아파!"

나는 달리기를 멈추고 소리를 지르며 몸을 웅크렸다.

'뭐지, 이 통증은······.'

처음 느끼는 아픔에 트랙 위에 멈춰서 발목을 붙잡고 있는데, 경기장을 채운 관중들의 한숨 소리가 들려왔다.

"그러니까 달릴 수 있을 리가 없다고 내가 그랬잖아."

"의족으로 달리다니 무리야."

관객들의 냉정한 목소리가 귀에 날아와 꽂혔다. 온 경기장에서 나를 향해 차가운 시선이 쏟아졌다. 오른 발목의 통증은 더욱 심해졌다.

"아야! 아프다고! 너무 아파! 왜 나야! 내가 뭘 잘못했는데! 왜 나만 이렇게 힘들어야 하는데!"

내가 지른 비명 소리에 눈을 번쩍 떴다.

꿈이라는 것을 알고 안심하는 순간, 통증이 오른 발목을 덮쳐 왔다.

환상통이다.

최근에는 거의 느낀 적이 없었는데, 왜 또 이럴까?

있지도 않은 오른 다리가 욱신거린다. 이 통증은 언제가 되어야 사라질까?

의족을 한 지 1년이 넘게 지났는데도 나의 뇌는 다리가 있다는 걸 아직도 깨닫지 못한 모양이다. 내 오른 다리는 이미 형태도 기억나지 않을 정도로 아득한 존재가 되어 버렸는데, 어째서 오른 다리가 있었다는 기억만은 내 안에서 사라지지 않는 걸까.

나는 오른 다리에 손을 뻗었다.

존재하지 않는 다리를 열심히 쓰다듬었다. 괜찮아, 괜찮아, 이렇게 중얼거리면서.

12
결의

대회가 내일모레로 다가왔다.

오늘은 원래 연습이 없는 목요일이지만, 대회 직전이어서 나와 레이카 코치님을 포함한 대회에 참가하는 스타트 대시 도쿄의 멤버들이 모여 갑작스럽게 소규모 연습 모임을 열게 되었다.

스트레칭과 가벼운 조깅으로 워밍업을 하고 바운딩과 팔의 근력 운동 등, 평소에 하는 훈련 메뉴를 진행했다. 100미터도 몇 번 달렸다. 하지만 무언가 찜찜한 기분이 들었다.

"저, 코치님, 기록을 좀 재 주시겠어요?"

연습이 끝나갈 무렵 나는 코치님에게 부탁했다.

"물론이지. 그런데 괜찮아?"

코치님은 걱정스럽게 내 얼굴을 들여다보았다.

"네? 왜 그러세요?"

내가 되묻자 코치님은 조금 곤란한 듯이 이맛살을 찌푸렸다.

"오늘 하야토 상태가 별로 안 좋아 보여서."

"아니에요, 괜찮아요."

코치님의 말에 짚이는 것이 있었다. 하지만 그것을 인정해서는 안 될 것 같아 나는 일부러 허세를 부렸다.

"신경 쓰지 말고 재 주세요."

"나는 괜찮지만……."

별로 내켜하지 않는 코치님을 짐짓 모른 체하고, 나는 조용한 밤공기를 가르며 출발 지점에 섰다. 골라인을 바라보자 연습인데도 어쩐지 굉장히 긴장되면서 목이 바짝 말랐다. 골라인이 이상하게 멀게만 느껴졌다.

"준비!" 하는 소리가 들려와 허리를 들어 올렸다.

조용한 공기를 찢는 호루라기 소리를 듣고 나는 달려 나갔다.

스타트부터 가속까지는 자연스럽게 이어졌다. 하지만 코스 중간 지점까지 갔을 때, 평소와 다른 감각이 느껴졌다.

마치 어둠 속을 헤치며 나아가는 듯한 느낌이었다. 밤이라서 그런 것은 아니다. 트랙 위는 조명이 비추고 있어 밝았다. 나는 어둡고 무거운 공기 속을 달렸다.

"16초 57!"

납득이 가지 않는 기록이었다. "한 번 더 부탁드릴게요!"라고 나는 소리쳤다.

코치님이 나를 가로막았다.

"하야토, 쉬지 않으면 좋은 기록을 낼 수가 없어."

"그래도요. 한 번만 더 달려 볼게요."

출발 지점으로 돌아가려 하는데 코치님이 내 팔을 붙잡아 멈추게 했다.

"안 된다니까! 코치가 쉬라고 하잖니. 말 들어."

"달리게 해 주세요!"

"안 돼! 오늘 하야토는 평소와 다르게 집중력이 떨어져 있어. 이럴 때는 절대로 좋은 기록이 나오지 않아!"

정곡을 찔렸다. 지금 나는 평소와 다르다. 좋은 기록이 나올 리가 없다. 한 번 더 잰다고 한들, 기록은 더 떨어지고 기운만 빠질 게 눈에 보였다.

"하지만······."

더 이상 말을 잇지 못한 나는 코치님의 팔을 뿌리친 채 그 자리에서 움직이지 못했다.

"출발한 뒤에 몸을 일으키고 속도를 올릴 때까지는 문제가 없어. 그런데 50미터 부근부터 속도가 더 올라가지 않고 오히려 떨어져. 평소 같았으면 거기에서 속도를 더 올릴 텐데 말이지."

"체력적인 문제일까요? 피로가 쌓여서?"

"아니야. 아까 하야토는 마지막에 속도를 더 올리려다가 일부러 참는 것처럼 보였어."

"참는다고요?"

무슨 말인지 이해가 되지 않았다. 가속을 하려다가 말다니, 그럴 생각은 전혀 없었다. 최고 기록을 내려고 분투 중인데 일부러 참을 이유가 뭐가 있단 말인가?

"혹시 무서운 거 아니야?"

"무섭다고요?"

"그 이상 속도를 올리면 넘어질 것 같은 기분이 든다든가?"

"그럴 리가요……."

없다고 말하려는데 하나 떠오르는 것이 있었다.

환상통이다.

나는 요즘 며칠째 환상통에 시달리고 있었다.

환상통이 나타날 때면 꾸는 꿈이 있는데, 꼭 50미터 부근에서 오른 발목이 아파 오기 시작해서 더 이상 달릴 수 없게 된다. 꿈이라는 것을 알고 있으면서도 마음 어딘가에서 공포를 느끼고 있었나 보다. 나는 코치님에게 이런 이야기를 모두 털어놓았다.

"흐음……. 환상통으로 인한 두려움이라, 충분히 그럴 수 있을 것 같아……."

환상통이 발생하는 것은 나의 경우 항상 스트레스와 불안이 원인이었다.

학교와 육상부에서 갈등을 겪던 무렵에는 툭하면 환상통이 덮쳐 왔다. 하지만 스타트 대시 도쿄에 들어와 순조롭게 기록을 갱신해 가는 동안에는 한 번도 환상통이 나타나지 않았다.

다만 대회에 나가기로 한 다음부터는 신체적으로도 피로가 쌓이고, 정신적으로도 남모르게 압박감을 느끼고 있었던 것이 사실이다. 그러던 중에 기록을 재다가 크게 넘어졌다. 그날 밤, 오랜만에 환상통이 다시 나타났다.

코치님은 이렇게 말했다.

"두려움을 느낀다면, 그것과 싸워서 이기는 수밖에 없어."

머리로는 알고 있다. 하지만 어떻게 하면 두려움을 극복할 수 있는지를 도저히 모르겠다.

"오늘은 여기까지만 하자. 집중력이 흐트러졌을 때 연습을 하다가는 다칠 수도 있으니까. 괜찮아. 대회에서는 잘 해낼 수 있을 거야."

"그렇다면 좋겠지만요······."

자신이 없었다. 목소리가 움츠러드는 것을 스스로도 느꼈다.

"내일은 학교에 가지?"

"그런데요."

"학교가 끝나면 느긋하게 쉬면서 모레의 대회에 대비하도록 해. 알겠지?"

"네, 그렇게 할게요."

"그리고 또 하나."

"뭔데요?"

"사키와 이야기를 좀 나눠 봐."

"네?"

"알겠지? 코치가 하는 말이니까 일단 해 봐."

코치님은 그렇게 말하며 미소를 지었다.

****

어젯밤에도 제대로 자지 못했다. 또 환상통이 일어날지도 모른다고 생각하자 무서웠기 때문이다.

나는 하품이 나오려는 것을 참으면서 드르륵 교실 문을 열었다. 교실에 들어서자 반 친구들의 시선이 일제히 내 쪽을 향했다.

내가 뭘 잘못했나 싶어 당황하고 있으니 유키가 눈을 빛내며 내 쪽으로 다가왔다.

"하야토, 육상 대회에 나간다며!"

"어, 어떻게 알았어?"

놀라는 나를 보고 유키는 흥분해서 말했다.

"굉장하다! 벌써 대회에 나간다니! 응원하러 갈게!"

학교에서는 아무에게도 대회에 나간다는 얘기를 하지 않았다. 그런데 유키가 어떻게 알고 있는지 신기했다.

"그래서 말이야, 갈 수 있는 사람은 다 같이 응원하러 가자는 얘기를 지금 하고 있었어."

유키는 여전히 흥분을 감추지 못한 채로 말을 이었다.

다 같이 가겠다니, 즉 반 친구들에게도 다 알려졌다는 얘기다. 아이들의 얼굴을 확인하려고 교실을 둘러보는데, 가와무라와 눈이 마주쳤다. 가와무라는 입 모양으로 미안, 하고 중얼거리며 살짝 손을 모아 보였다.

'그렇게 된 거구나······.'

가와무라가 유키에게 얘기했고, 유키가 다시 반 친구들에게

퍼뜨린 거겠지. 옛날부터 유키는 행동이 빨랐다. 요즘 유키는 내가 육상을 다시 시작한 것을 무척 기뻐하고 있었으니까, 알게 된 이상 이야기하고 싶어서 참을 수 없었을 것이다.

"나도 갈게!"

"나도 제일 앞줄에서 응원할 거야!"

"패러 육상 대회는 처음이야. 하야토도 꽤 빠르지?"

반 친구들이 저마다 말을 걸어왔다.

"저기, 그렇게 큰 대회는 아니야."

조심스럽게 말해 봤지만 아이들은 이미 모두 들떠서 아무도 신경 쓰지 않았다. 나는 모두의 호의를 고맙게 받아들이기로 했다. 하지만 관객의 눈이 늘어난 만큼 긴장감도 더해진다. 100미터를 정말 끝까지 달릴 수 있을까? 꿈에서처럼 도중에 발목이 아파 오지는 않을까? 불안한 생각을 멈출 수가 없었다.

복도에서 만난 쇼타와 다케시에게서도 "꼭 갈게!", "우린 하야토 응원단이니까!"라는 말을 듣고 압박감은 더욱 심해졌다.

****

"집까지 같이 가자."

그날 수업을 마치고 현관에서 천천히 신발을 갈아 신는데 가와무라가 다가왔다. 실은 가와무라와 함께 가고 싶어서 필요 이상으로 꾸물거리고 있었다.

최근에는 가와무라와 함께 하교하는 경우가 많아졌다. 가와무라도 그렇고, 나도 이제 동아리 활동을 하지 않으니까 집에 가는 시간이 똑같을 때가 많았다. 이렇게 자주 같이 다니는데 둘이 사귀는 거 아니냐는 소문이 돌아도 이상하지 않을 정도다. 이미 그런 소문이 돌고 있는지도 모른다.

사실 나는 그런 말을 들어도 아무렇지 않다. 나는 가와무라를 좋아하니까.

하지만 가와무라는 어떨까? 나를 좋아하는 걸까? 이렇게 같이 하교도 하고, 육상 연습에 응원하러 와 주기도 한다. 그런 걸 보면 절대로 싫어하지는 않을 테고, 호의 정도는 가지고 있지 않을까. 하지만 그 호의가 친구로서인지, 남자로서인지가 중요하다. 물론 남자로서 이길 바라고, 그쪽의 가능성은 70퍼센트 정도라고 생각된다. 그러니까 고백하면 정식으로 사귈 수 있을지도 모른다.

하지만 만약 나머지 30퍼센트 쪽이라면 고백을 하는 순간 지금의 좋은 관계를 무너뜨리게 된다. 역시 고백할 용기가 나지 않는다.

그래서 나와 가와무라는 아직 친구 이상 연인 이하의 관계다.

"미안해! 유키에게만 살짝 이야기할 생각이었는데……."

나란히 걸으며 가와무라가 미안하다는 듯이 말했다.

"괜찮아. 잘못한 것도 아닌데 뭐."

"그래도……. 너무 빨리 소문나 버려서 싫지 않았어?"

"그렇지 않아."

"다행이다. 너무 많이 몰려가면 싫을 수도 있겠다 싶었거든."

"으응, 뭐 압박감이 들기는 하지. 하지만 기뻐. 응원해 준다는 뜻이니까."

응원해 주겠다는 모두의 마음이 고마운 것은 진심이다. 단지 기대가 큰 만큼 초조해지는 것도 사실이다.

"괜찮아! 지금의 하야토라면 압박감 정도는 얼마든지 극복할 수 있을 테니까."

가와무라는 내 불안을 느낀 듯이 격려의 말을 건넸다.

"그러면 좋겠는데."

"그렇게 불안해?"

가와무라는 걱정스럽게 어깨 너머로 나를 올려다보며 말했다. 그 눈을 바라보면 거짓말을 할 수가 없다.

"최근에 달리는 데 실패하는 꿈을 꾸곤 해."

"정말?"

"응, 그 꿈에서는 항상 50미터를 막 지난 지점에서 다리가 아프기 시작해. 그래서 멈춰 버리는 거야."

"연습에서는 달릴 수 있는데?"

"응, 이상하지? 하지만 벌써 며칠째인지 모르겠어……."

꼴사나울지 모르겠지만 솔직하게 이야기했다. 가와무라라면 나의 약한 부분도 받아들여 줄 거라는 생각이 들었다.

"그렇구나. 불안할 수도 있겠다. 하지만 중간에 멈추더라도 상관없어."

"응? 무슨 뜻이야?"

"설령 끝까지 달리지 못하더라도, 스타트 라인에 서면 충분하다고 생각해. 스타트 라인에서 앞을 바라보고 있는 하야토가 내 눈엔 가장 멋있어 보이거든."

"스타트 라인?"

"응, 그것조차 하지 못하는 사람이 얼마나 많은데. 렌처럼 말이야……. 하지만 하야토는 스타트 라인에 설 수 있는 사람이니까 꼭 서야 돼."

가와무라의 말이 마음에 스며들었다.

"멈추면 어떻고, 넘어지면 뭐 어때. 그런 불안에 지지 마, 하야토!"

"……고마워, 사키."

"아, 방금 사키라고 불렀네. 이름으로 불러 주는 거야?"

"미안, 싫었어?"

"아니, 사키라고 불러 줘. 실은 사키라고 부르는 거 두 번째인 거 알아?"

"어? 뭐라고?"

전혀 눈치채지 못했다. 이름으로 부르고 싶다는 생각을 한 적은 있지만, 언제 입에서 나왔을까. 하지만 사키도 이름으로 부르는 게 싫지 않은 모양이다.

"고, 고마워. 사키."

"별말씀을 다. 나하고 렌은 하야토가 달리는 모습이 얼마나 위안이 되는지 몰라. 고맙다는 말로는 부족할 정도로. 그래서 말인데, 이거……."

그렇게 말하면서 사키는 등에 메고 있던 가방에서 부적을 끄집어냈다. 빨간 꽃무늬 바탕에 펠트를 오려 만든 '필승'이라는 글자가 꿰매어져 있었다.

"이거, 힘내라는 의미를 담은 부적이야. 그렇게 잘 만들지는 못했지만."

"정말 나 주는 거야?"

생각지도 못했던 사키의 행동에 기쁘면서도 놀란 나머지 심장이 튀어나올 것만 같았다.

"내 마음을 담아서 만들었어. 필승이라고 써 놨지만, 내가 바라는 것은 경기에서 이기는 게 아니라 하야토가 자기 자신에게 지지 않는 거야."

"고마워……. 정말 고마워."

나는 사키의 손에서 부적을 받아 들었다. 사키가 손에 들고 있던 부적은 아직 따뜻해서 사키의 온기가 느껴졌다.

아무리 고맙다고 말해도 부족하다는 기분이 들었다.

좀 더 나의 마음을 전달하고 싶었지만, 무슨 말을 해도 이 기분을 다 표현하지 못할 것 같았다.

그렇다면 지금 내가 할 수 있는 일은 내일 달리는 모습을 보여 주는 것뿐이다.

"알겠어. 나, 사키와 렌을 위해서라도 100미터를 끝까지 달릴게."

"응. 하야토의 달리는 모습 기대할게."

상냥하게 웃는 사키의 얼굴을 보고 나는 마음을 굳혔다.

100미터를 끝까지 달리자.

그리고 끝까지 달리는 데 성공한다면, 좋아한다고 얘기하자.

끝까지 달리는 데 성공한다면……, 자신감을 갖고 좋아한다고 고백할 수 있을 것 같다.

더 이상 무섭지 않다. 이런 나를 응원해 주는 사람들이 있으니까.

13
대회

 쌀쌀한 가을바람이 볼을 스친다. 맑게 갠 가을 하늘에서 눈부시게 쏟아지는 햇빛의 온기가 바람의 찬기를 누그러뜨렸다.
 우리 가족은 도쿄 패러애슬리트 육상 경기 대회라고 쓰여 있는 간판을 지나 경기장 안으로 들어섰다.
 "그럼 우리는 관중석에서 보고 있을게."
 엄마 아빠는 선수 대기실로 가는 나와 헤어져 관중석으로 향했다. 평소에는 그다지 어리광을 부리지 않는 편이라 몰랐는데, 역시 마음속으로는 의지하고 있었나 보다. 엄마 아빠의 얼굴이 보이지 않자 이상하게 긴장이 되기 시작했다.
 "하야토!"

대기실에 들어서자 곤도 아저씨의 목소리가 들렸다. 옆에는 도쿠다 선생님도 있었다.

"의족 상태는 어떠니?"

곤도 아저씨는 조금 흥분한 듯 말을 걸어왔다.

"아주 좋아요."

"조금이라도 신경 쓰이는 게 있으면 바로 말하렴. 패럴 육상 대회는 선수들이 멋진 모습을 뽐내는 무대기도 하지만, 나 같은 의족 제작자에게 있어서도 실력을 보여 줄 기회거든. 그러니까 별거 아닌 문제라도 망설이지 말고 얘기해."

"저, 의족은 괜찮은데……."

의족은 문제가 없다. 하지만 의족 이외의 부분은 완벽하지 않았다. 내 말에 곤도 아저씨는 살짝 안쓰럽다는 표정을 지으며 미간을 찌푸렸다.

"환상통 때문에 그러니?"

곤혹스러워하는 곤도 아저씨 옆에서 도쿠다 선생님이 물었다.

"아, 네. 어떻게 아셨어요?"

"아까 레이카 씨에게 들었어."

어젯밤에도 한밤중에 오른 발목에서 통증이 느껴져 눈을 떴다. 악몽은 꾸지 않았지만, 환상통에 시달리느라 한참 동안 잠들지 못했다.

"지금은 아프지 않지만, 아무래도 환상통 때문에 무섭다는 생각이 들어요. ……도쿠다 선생님, 이건 어떻게 할 수 없는 거죠?"

"환상통은 내 힘으로는 어떻게 할 수가 없구나."

도쿠다 선생님은 그렇게 대답했다. 도쿠다 선생님은 물리 치료사여서 몸의 통증이라면 대처 방법을 알고 있겠지만, 몸이 아닌 부분이 아픈 환상통을 치료하는 것은 불가능하다. 알고는 있었지만, 그래도 물어보고 싶었다.

"하지만 말이다……."

도쿠다 선생님이 무언가를 말해 주려는 것 같았다.

"뭔가 방법이 있으면 가르쳐 주세요!"

"아니, 나도 환상통을 고칠 수 있는 방법은 모르지만, 나는 이렇게 생각해. 하야토는 매우 우수한 환자였고, 내가 재활 훈련을 담당한 환자 중에서 이렇게 빨리 대회까지 나갈 수 있게 된 사람은 처음이야. 그러니까 분명 괜찮을 거야! 네 몸을, 그리고 너의 의족을 믿어 보렴."

"의족을, 믿는다……."

이전에도 도쿠다 선생님으로부터 그 말을 들은 적이 있다. 그때는 더 의족을 믿고 체중을 실으라는 의미였다.

지금 들은 '의족을 믿어라'라는 말은 좀 더 깊은 의미가 있을지도 모른다. 거기까지는 헤아리지 못했지만, 나는 고개를 끄덕였다.

이 자리에 나의 의족을 만들어 준 곤도 아저씨와 의족의 사용법을 가르쳐 준 도쿠다 선생님이 있다. 내가 무척이나 신뢰하는 두 사람이다.

그것이 의족에 대한 믿음과도 이어진다는 기분이 들었다.

"자, 기분 전환하고 가 보자! 레이카 씨와 다른 멤버들은 이미 경기장에 들어가서 워밍업을 하고 있다고. 하야토도 서둘러!"

곤도 아저씨의 재촉에 나는 "알겠습니다. 다녀올게요!"라고 말하며 경기장 안으로 들어섰다.

***

경기장 내부에는 관중이 제법 많아서 생각 이상으로 떠들썩했다.

패럴 육상 대회는 보통 육상 경기에 비하면 경기에 참가하는 선수의 수도 적고, 개최되는 대회의 수 자체도 적다. 그래서 도쿄 패럴 육상 대회에는 나 같은 초보자부터 일류 육상 선수까지 폭넓은 선수층이 참가한다. 대회에 출전한 선수를 응원하러 온 사람들이 관중석을 메우고 있었다.

야마나카 선수의 달리는 모습을 처음 본 곳도 여기다. 그때는 그저 넋을 잃고 바라보기만 했다. 의족으로 저렇게 빨리 달리다니, 대단하다고 생각했다. 의족을 사용하는 사람이라고 해서 불쌍한 존재가 아니라고 깨달은 것도 그때였다.

그때 그 장소에서 나는 패러 육상 선수로 100미터 경기에 나갈 예정이다. 그렇게 생각하자 감개무량한 기분이 들었다. 그토록 매료되었던 야마나카 선수와 같은 장소에서 달리는 것이다. 긴장감에 손발이 떨려오는 것이 느껴졌다.

'정신 차려, 나루세 하야토!'

나 자신에게 응원의 말을 건넸다. 그때, 익숙한 목소리가 내 이름을 불렀다.

"하야토! 이제 왔니?"

돌아보자 레이카 코치님이 있었다.

"늦었잖아."

"네? 정말요?"

손목시계를 보자 스타트 대시 도쿄 멤버들이 정한 집합 시간보다 5분 정도가 늦어 있었다.

"아, 죄송합니다!"

"우리는 30분 전에 와서 벌써 워밍업을 하고 있었다고."

"기합이 바짝 들어 있네요."

"당연하지. 오늘 이 경기장은 우리를 위한 무대니까."

"우리를 위한 무대라고요……?"

그 말을 듣고 경기장을 둘러보았다. 스탠드에는 나를 응원하러 와 준 사람들도 있었다. 사키와 렌을 발견했다. 유키와 반 친구들, 쇼타와 다케시를 비롯한 육상부원들, 고바야카와 선생님과 아빠, 엄마도 보였다.

"정말이네요. 우리를 위한 무대예요. 모두 저렇게 응원해 주고 있으니까요."

"응, 힘내자고."

스탠드 쪽을 바라보는 내 모습을 다들 알아본 모양이다.

"하야토! 힘내!"

유키가 큰 소리로 성원을 보내 주었다. 나는 오른손을 크게 흔들어 보였다.

사키 쪽을 보았다.

사키도 나에게 손을 흔들어 주었다.

***

그 뒤 나는 스타트 대시 도쿄의 유니폼으로 갈아입었다. 스트레칭을 끝내고 스포츠 의족을 장착했다. 내가 워밍업을 하는 사이에 다른 종목 경기가 시작되었다.

"그럼 난 먼저 가 볼게."

가볍게 달리며 워밍업을 마친 코치님이 말했다.

어느새 여자 대퇴의족 선수들이 달리는 T63 클래스의 100미터 종목이 시작하려 하고 있었다.

천천히 트랙으로 향한 레이카 코치님은 자신만만하게 출발 위치에 섰다. 레이카 코치님이 스탠드를 향해 손을 흔들자 한층 큰 환호성이 쏟아졌다. 나도 레이카 코치님에게 박수를 보냈다.

지금은 예선이기도 해서, 레이카 코치님의 달리기가 그리 걱정되지는 않았다.

탕! 스타트 총성이 울렸다.

레이카 코치님의 스타트 대시(Start dash)*는 순조로웠고, 주위

---

* 육상 경기에서 출발한 뒤 전력 질주를 시작하기까지 자세를 바꿔 가며 속도를 올리는 가속 과정을 뜻한다.

젊은 선수들에게 뒤처지지 않았다. 중반에도 레이카 코치님은 점점 속도를 올리며 선두 싸움을 했다.

'좋아, 괜찮아 보이는데?'

나는 코치님에게서 눈을 떼고 워밍업을 위해 다시 달리기 시작했다.

그때 주위의 스타트 대시 도쿄 멤버들 사이에서 앗! 소리가 들렸다. 깜짝 놀라 트랙 쪽을 돌아보자 레이카 코치님이 속도를 늦추는 바람에 주위 선수들이 앞서 나가고 있었다.

'어, 레이카 코치님이?'

그때 내 몸이 크게 흔들렸다.

코치님 쪽을 신경 쓰면서 달린 것이 실수였다. 내 의족의 의지발이 음료수 병을 밟았다는 것을 그제야 깨달았다. 서둘러 자세를 바로 세우려 했지만, 그러다가 이번에는 건측 다리인 왼쪽 다리가 이상한 방향으로 꺾여 버렸다.

"아야!"

나는 꺾인 건측 다리를 감싸며 그 자리에 주저앉았다.

한순간 통증이 느껴졌지만, 잠시 몸을 구부리고 다리를 누르고 있었더니 아픔은 사라지는 듯했다.

'별거 아니겠지.'

그렇게 생각하며 일어섰는데, 역시 힘을 주어 발을 딛으면 왼쪽 발목이 욱신욱신 아팠다.

'하필이면 왜 건측 다리가…….'

다리를 끌면서 걸었다.

멀리서 "우와아아!" 하고 한층 더 큰 함성이 터져 나왔다. 레이카 코치님과 함께 달린 대퇴의족 선수가 대회 신기록을 갱신했다는 발표가 나온 것이다. 환호성을 들으며 얼굴을 빛내고 있는 그 선수 옆에서 레이카 코치님은 분한 얼굴로 숨을 헐떡이며 무릎에 손을 짚고 있었다.

달리기를 끝낸 코치님은 크게 헉헉 숨을 몰아쉬면서 내 쪽으로 돌아왔다.

"실패했어. 80미터 언저리에서 엉덩이 근육에 경련이 일어나서 말이야."

그렇게 빠른 레이카 코치님이 예선에서 떨어지다니. 나는 믿을 수 없었다.

"역시 젊은 애들에게는 안 되나 봐. 도중에 체력이 다 떨어졌어. 아직도 훈련해야 할 게 많네."

코치님은 아직 어깨로 숨을 쉬고 있었다.

"하야토는 내 몫까지 힘내!"

네!라는 대답이 선뜻 나오지 않았다. 방금 아팠던 왼쪽 발목이 신경 쓰여서 말끝을 흐리고 말았다.

"왜 그러니, 하야토?"

"아무것도 아니에요……. 코치님 몫까지 두 배로 힘낼게요!"

　나는 왼쪽 발목에 대해서는 말하지 않은 채 열심히 하겠다는 말만 남기고 코치님에게서 멀어지려고 했다. 하지만 금방 도로 붙잡혀 버렸다.

"기다려! 너 지금 왼쪽 다리를 질질 끌고 있잖아."

"아, 아니에요. 살짝 삐끗하긴 했지만……. 괜찮아요."

"한번 봐 봐!"

　코치님은 몸을 숙여서 내 양말을 끌어내리고 왼쪽 발목을 살폈다.

"조금 부어 있는데?"

"좀 삐끗한 것뿐이에요. 진짜 별거 아니에요."

"일단 냉찜질을 하자. 이제 시간이 없어."

　코치님이 내 어깨를 감싸 안았다. 나는 코치님에게 기대어 다리를 끌면서 벤치까지 이동했다. 벤치에 앉자 코치님은 다리에 냉각 스프레이를 뿌려 주었다.

"큰 부상은 아닌 것 같지만, 오늘은 기권하자. 무리할 필요 없어. 하야토는 아직 앞날이 창창하니까."

그러는 수밖에 없는 걸까?

얼굴을 들어 스탠드 쪽을 쳐다보았다. 다들 지금 경기가 진행 중인 트랙 쪽을 보고 있어서 내 상태는 눈치채지 못한 것 같았다.

하지만 딱 한 명만이 이쪽을 걱정스럽게 바라보고 있었다.

사키였다.

어제 사키가 한 말이 떠올랐다.

"스타트 라인에서 앞을 바라보고 있는 하야토가
내 눈엔 가장 멋있어 보이거든."

이대로 달리지 않아도 괜찮을까?

스타트 라인에 서지 않아도 괜찮을까?

대회가 오늘 하루만 있는 것은 아니다. 육상 대회는 앞으로도 여러 번 열릴 것이다. 무리해서 달리다가는 큰 부상으로 이어질 수 있다는 것 정도는 육상부였던 만큼 잘 알고 있다.

하지만 오늘은 나에게 있어 특별한 대회다.

큰 대회는 아닐지 몰라도, 다리를 절단한 내가 새로운 인생을 시작하는 중요한 전환점이다. 여기에서 달리지 않으면 다시는 무대에 서지 못할 거라는 생각이 들었다. 오늘은 도망치고 싶지 않았다. 편한 길을 선택하고 싶지 않았다.

마음을 정했다. 기권은 하지 않는다. 스타트 라인에 서자.

"코치님."

"응?"

"저, 결심했어요. 설령 100미터를 끝까지 달리지 못해도 괜찮아요. 하지만 스타트 라인에만은 서고 싶어요. 도전하고 싶어요."

"하야토……."

"부탁이에요. 나가게 해 주세요."

나는 아픔을 참으며 벤치에서 일어섰다.

코치님은 눈짓으로 알겠다는 의사를 표현하며 내 어깨를 두드렸다.

"오늘은 하야토에게 있어서도 특별한 날이구나. 그럼 그렇게 해. 스타트 라인에 서자. 하지만 통증이 심해지면 절대로 무리하면 안 돼. 약속할 수 있지?"

"네, 약속할게요!"

내가 나가는 T64 클래스의 100미터 경주 차례가 가까워졌다.

나는 스타트 라인으로 향했다.

더 이상 뒤를 돌아보지 않았다.

***

크게 심호흡을 하고, 출발 지점에 섰다.

T64 클래스의 100미터 경주. 나는 예선 2조였다. 여섯 명의 선수가 줄지어 섰다. 나는 내 오른 다리를 향해 말을 걸었다.

'부탁이야. 지금 의지할 수 있는 건 너밖에 없어. 힘내라!'

이렇게 몇 번이고 반복해서 의족에게 말했다.

발목을 삐끗한 지금, 건측인 왼쪽 다리에 강하게 힘을 주기는 힘들다. 의지할 것은 의족인 오른 다리뿐이다. 의족에 이렇게까지 간절한 바람을 담은 것은 처음이었다.

스탠드를 올려다보았다.

거기에는 사키가 있다.

렌이 있다.

유키가 있다.

반 친구들, 육상부 멤버들, 고바야카와 선생님.

엄마, 아빠.

곤도 아저씨와 도쿠다 선생님이 있다.

다케시가 직접 만들어 온 깃발을 흔들었다. '하야토, 힘내라!'라고 쓰여 있었다.

다리가 떨려왔다. 마음도 떨렸다.

하지만 지금이라면, 떨림마저도 힘으로 바꿀 수 있다.

모두의 마음을 느끼며 나는 똑바로 골을 응시했다.

"On your mark!"

크라우칭 스타트 자세를 취했다. 뒤쪽으로 둔 의족에 힘을 주어 스타팅 블록을 꾹 밟았다.

"Set!"

의족에 힘을 실으며 허리를 들어 올렸다.

스포츠용 의지발이 휘어지며 느껴지는 탄성을 무릎 근육으로 버텨 냈다.

'제발 부탁이야……. 나에게는 너밖에 없어.'

내 모든 희망을 의족에게 걸었다.

가슴이 큰 소리를 내며 뛰었다. 쿵!쿵! 심장 소리가 카운트다운을 시작했다. 반가운 감각이 온몸을 감쌌다. 그래, 이거야. 기분 좋은 두근거림. 다른 데서는 절대 느낄 수 없는 스타트 직전의 고양감.

가슴의 고동이 최고조에 달했을 때, 탕! 메마른 총성이 하늘

가득 울려 퍼졌다.

그 순간 나는 발끝으로 스타팅 블록을 박차며 달려 나갔다.

한 걸음씩 나아갈 때마다 상체를 조금씩 세웠다. 다리가 가볍게 지면을 박찬다. 크게 팔을 휘두르자 연동하듯이 다리가 올라갔다.

의족을 쓰게 되면서 주위의 시선에 부딪힌 것도, 환상통으로 괴로워한 것도, 힘들게 훈련에 매진한 것도, 모두가 지금 이 순간을 위해서였다는 기분이 들었다. 한 걸음 앞으로 나아갈 때마다 불안의 벽이 무너져 내렸다. 내 마음을 괴롭혔던 감정들도 모두 사라졌다. 정신이 맑아지면서 나의 시야에서 관중도, 나란히 달리는 선수들도, 모두 보이지 않게 되었다.

곧게 뻗은 흰 선으로 구분된 외길이 끝없이 이어진다.

들리는 것은 오직 나의 숨소리와 바람 소리.

건측 다리는 더 이상 아프지 않다. 그뿐 아니라 지면을 차는 힘도 바람의 저항도 느껴지지 않는다. 마치 물속을, 아니 진공 속에 떠 있는 듯한 신기한 기분이었다. 나는 제대로 속력을 내고 있을까? 걱정이 되었다.

다른 레인 선수의 존재감이 내 뒤에서 느껴졌다.

나는 지금 이 조의 선두로 달리고 있다.

분명 내 최고 기록을 훌쩍 뛰어넘을 거라는 예감이 들었다.

나의 몸과 의족이 처음으로 하나가 된 기분이다.

지금까지는 의족을 착용하고 있다는 감각을 도저히 떨쳐낼 수가 없었다.

하지만 지금이라면 말할 수 있다.

의족이 아니다.

이것은 내 다리다. 오른 다리도 왼 다리도 모두 내 다리일 뿐이다.

50미터 지점을 지났다. 꿈속에서는 항상 여기쯤에서 오른 발목이 아파 왔다. 그때의 공포 때문에 최근에는 이 지점에서 속력을 더 올리지 못했다.

오늘은, 지금은 어떨까?

아무런 두려움이 없다.

아직 더 빨리 달릴 수 있다. 아직 여력이 있다.

나는 다리의 회전수를 올렸다. 다른 선수들은 얼마나 따라왔을까?

왼쪽에 존재감이 느껴졌다.

왼쪽 레인의 한 사람만이 나를 따라오고 있다. 하지만 얼마든지 뿌리칠 수 있다.

이제 80미터, 한 고비만이 남았다.

최고의 기분을 느낀 순간, 왼쪽 어깨에 뭔가가 부딪혔다.

몸이 앞으로 기울어지면서 지면이 가까워지는 것을 느꼈다. 어째서일까? 슬로모션처럼 세상이 천천히 한 바퀴 돌았다. 보이지 않던 주위 상황이 순식간에 시야에 들어왔다. 스탠드에 있던 사람들의 얼굴이 보였다. 깜짝 놀라서 입을 벌리고 있는 사키의 얼굴이 보이고, 뭔가 소리를 지르고 있는 유키의 얼굴도 보였다.

정신을 차려 보자, 나는 앞으로 10미터를 남긴 지점에서 트랙 위를 나뒹굴고 있었다.

내 왼쪽 레인에도 남자아이 한 명이 넘어져 있었다.

아무래도 왼쪽 레인 선수와 부딪힌 모양이다.

"미, 미안해. 괜찮아?"

그 아이가 몸을 일으키더니 나에게 손을 내밀었다. 피부가 희고, 조금 갈색빛이 도는 예쁜 머리카락을 가진, 나와 비슷한 나이의 남자아이였다.

"나야말로 미안해. 내가 가서 부딪혔는지도 모르겠다."

나는 그 아이의 손을 잡고 일어섰다. 관중석으로부터 큰 박수 소리가 들려왔다. 나와 그 아이 말고는 모두 이미 결승선을 통과한 상태였다.

"꼴찌가 되어 버렸네."

그 아이가 말을 걸어왔다.

"응, 하지만 끝까지 달리고 싶어."

나는 그렇게 대답했다.

"그렇지? 그럼 같이 달리자."

"응!"

나는 그 아이와 얼굴을 마주보며 웃었다. 우리 둘은 동시에 달리기 시작해 함께 결승선을 통과했다. 관중석의 박수 소리가 한층 더 커졌다.

결승선을 통과하자 코치님이 나를 끌어안으며 맞이해 주었다.

"죄송해요. 끝까지 달리지 못했어요."

"무슨 소리야! 한때는 선두를 달렸는걸. 게다가 넘어지고도 일어나서 끝까지 달렸잖아. 최고로 멋있었어!"

코치님은 그렇게 말하며 내 머리를 쓰다듬었다.

방심하고 있다가 그 손길에 마음이 찡해져 눈물이 날 뻔했다.

에필로그

대회가 끝나고, 일주일이 지났다.

머리를 깔끔하게 빗고, 마음에 드는 티셔츠를 입고, 그 위에 재킷을 걸쳤다. 바지는 반바지다. 바짝 신경 써서 차려입고 나온 나는 역 앞의 카페에서 사키와 함께 점심을 먹고 있다.

우리는 지금 영화를 보고 나와서 함께 점심을 먹는 중이다.

"렌이 있잖아, 학교에 나가기 시작했어. 역시 하야토의 달리는 모습을 보고 자극을 받은 덕분인 것 같아."

사키는 나폴리탄 스파게티를 포크에 감으며 말했다.

"정말 잘됐다! 그럼 나도 지지 않고 더 열심히 달려야지."

그렇게 대답하며 나는 미트 도리아를 입에 넣었다.

렌에 대해서, 패러 육상에 대해서, 학교 친구들에 대해서 ······ 우리의 이야기는 그칠 줄을 몰랐다. 참고로 고백은 아직 하지 않았다. 도쿄 패럴 육상 대회에서 100미터를 끝까지 달리면 고백할 생각이었지만, 결승선을 들어오기 직전에 넘어졌기 때문에 고백은 다음 대회까지 보류해 두기로 했다.

하지만 한 가지 관계가 진전된 점이 있다.

우리는 서로의 이름을 편하게 부르게 되었다.

"영화 재밌었지? 액션이 최고였어!"

"다음에 또 영화 보러 가자. 다음엔 로맨스 영화를 볼까?"

"그래. 이번엔 내가 좋아하는 영화를 같이 봤으니까 다음에는 사키가 보고 싶은 걸로 골라."

"정말? 그럼 보고 싶은 게 있는데."

"뭔데?"

"세 시간짜리 대작인데 괜찮겠어?"

"정말? 그럼 난 보다가 잘 것 같은데."

"뭐라고?"

충분히 데이트를 즐기고 나서 우리는 헤어졌다.

"내일 학교에서 보자."

사키는 그렇게 말하고 빙그르 돌아서 걸어갔다. 사키의 하얀 스커트 자락이 석양빛을 받아 오렌지색으로 물들었다.

다음 날 수업이 끝난 뒤, 나는 굳게 마음먹고 운동장에서 훈련 중인 육상부를 찾아갔다.

"선생님, 드릴 게 있는데요……."

고바야카와 선생님은 눈을 크게 뜨고 내 얼굴을 보았다.

"하야토, 드디어 결심이 섰니?"

"네, 이제 깨달았어요. 한 번 더 육상부에서 달리고 싶습니다. 다시 한번 받아주시면 감사하겠습니다."

고바야카와 선생님에게 제출한 것은 입부 원서였다. 나는 이렇게 말하며 머리 숙여 부탁드렸다.

"나루세, 선생님은 계속 기다리고 있었단다."

선생님의 말에 고개를 들자, 선생님은 온화한 미소를 지으며 나를 바라보았다.

"그럼 바로 달려 볼까?"

나는 "네!" 하고 힘차게 대답했다.

〈끝〉

[협력해 주신 분들]

· 공익재단법인 데쓰도코사이카이(鉄道弘済会) 의지·보조기 지원센터 임직원 및 의족 제작자 우스이 후미오(臼井二美男) 님
· 스타트 라인 도쿄(スタートラインTokyo) 관계자 여러분
· 사토 게이타(佐藤圭太) 님
· ACCEL TRACK CLUB 대표 오니시 마사히로(大西正裕) 님
· 다마키 유마(田巻佑真) 님
· 데시가하라 미나미(勅使川原みなみ) 님
· 나카무라 케이스케(中村圭佑) 님
· 주식회사 Xiborg 대표이사 엔도 젠(遠藤 謙) 님
· 의족도서관(ギソクの図書館) 관계자 여러분
· 나루사와 고이치(成澤浩一) 님, 나루사와 마오(成澤真魚) 님
· 주식회사 이마센(今仙) 기술연구소 나카야마 나가오(中山永雄) 님
· 시즈오카 시립병원 정형외과 주임과장 사노 미치오(佐野倫生) 선생님

[참고 문헌]

· 요시노 야요이(吉野やよい), 『눈물을 건너면 꽃이 핀다 — 소아암 여명 선고부터 18년, 현재를 살아가기(涙の向こうに花は咲く — 小児がん余命宣告から18年—今を生きる)』(世界文化社)

· 요시노 야요이(吉野やよい), 『다 잘 될 거예요(なんくるないさぁ)』(主婦と生活社)

· 조지마 미쓰루(城島 充), 『의족과 함께 빛나다(義足でかがやく)』(講談社)

· 스즈키 유코(鈴木祐子), 『의족 애슬리트 야마모토 아쓰시(義足のアスリート山本篤)』(東洋館出版社)

· 사토 지로(佐藤次郎), 『의족 러너 — 의족 제작자의 기적을 부르는 도전(義足ランナー — 義肢装具士の奇跡の挑戦)』(東京書籍)

· 마스다 미키(益田美樹), 『의족 제작자가 되고 싶다면(義肢装具士になるには)』(ぺりかん社)

· 우스이 후미오(臼井二美男), 『넘어져도 괜찮아 — 내가 의족을 만드는 이유(転んでも、大丈夫 — ぼくが義足を作る理由)』(ポプラ社)

· 야마나카 슌지(山中俊治), 『카본 애슬리트 — 아름다운 의족에 그리는 꿈(カーボン・アスリート — 美しい義足に描く夢)』(白水社)

· 시게마쓰 나루미(重松成美), 『블레이드 걸 — 외발의 러너(ブレードガール — 片脚のランナー)』1~3권(講談社)

· 미도리 와타루(みどりわたる), 『새로운 다리로 달려가라(新しい足で駆け抜けろ)』1~5권(小学館)

두 번째 붉은 태양

초판 1쇄 인쇄 2023년 6월 15일
초판 1쇄 발행 2023년 6월 22일

원안	야마시타 하쿠
글	후나사키 이즈미
옮긴이	윤은혜
펴낸이	김경표
책임편집	전수은
일러스트	아스파라(あすぱら)

펴낸곳	ICBOOKS
출판등록	2021년 9월 8일 제 2021-000137호
주소	경기도 파주시 신촌 2로 10
이메일	ic-books@naver.com
블로그	https://blog.naver.com/ic-books
인스타그램	www.instagram.com/icbooks21

한국어판 ⓒICBOOKS, 2023

ISBN 979-11-976271-2-5 03830

* 이 책은 저작권법에 따라 보호받는 저작물이므로 무단 전재와 무단 복제를 금하며, 이 책 내용의 전부 또는 일부를 이용하려면 반드시 저작권자와 ICBOOKS의 서면 동의를 받아야 합니다.
* 책값은 뒤표지에 있습니다.
* 잘못 만들어진 책은 구입하신 곳에서 교환해 드립니다.